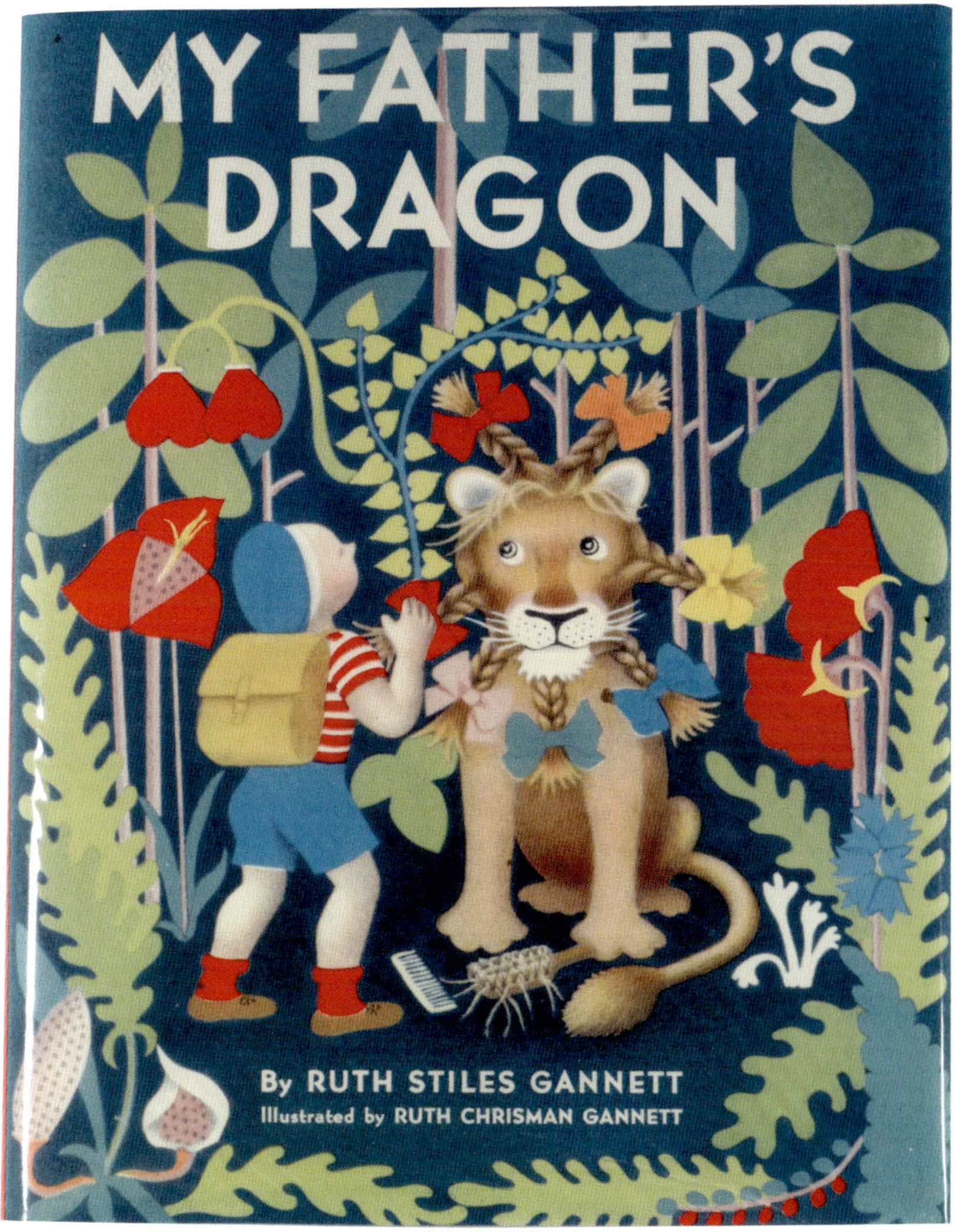

アメリカで出版された『エルマーのぼうけん』の初版本
英語のタイトルは「ぼくのおとうさんのりゅう」

『エルマーのぼうけん』は、1948年に出版されると、すぐに「ニューヨーク・ヘラルド・トリビューン春の児童図書賞《じどうとしょしょう》」に選《えら》ばれました。（本文137ページ）

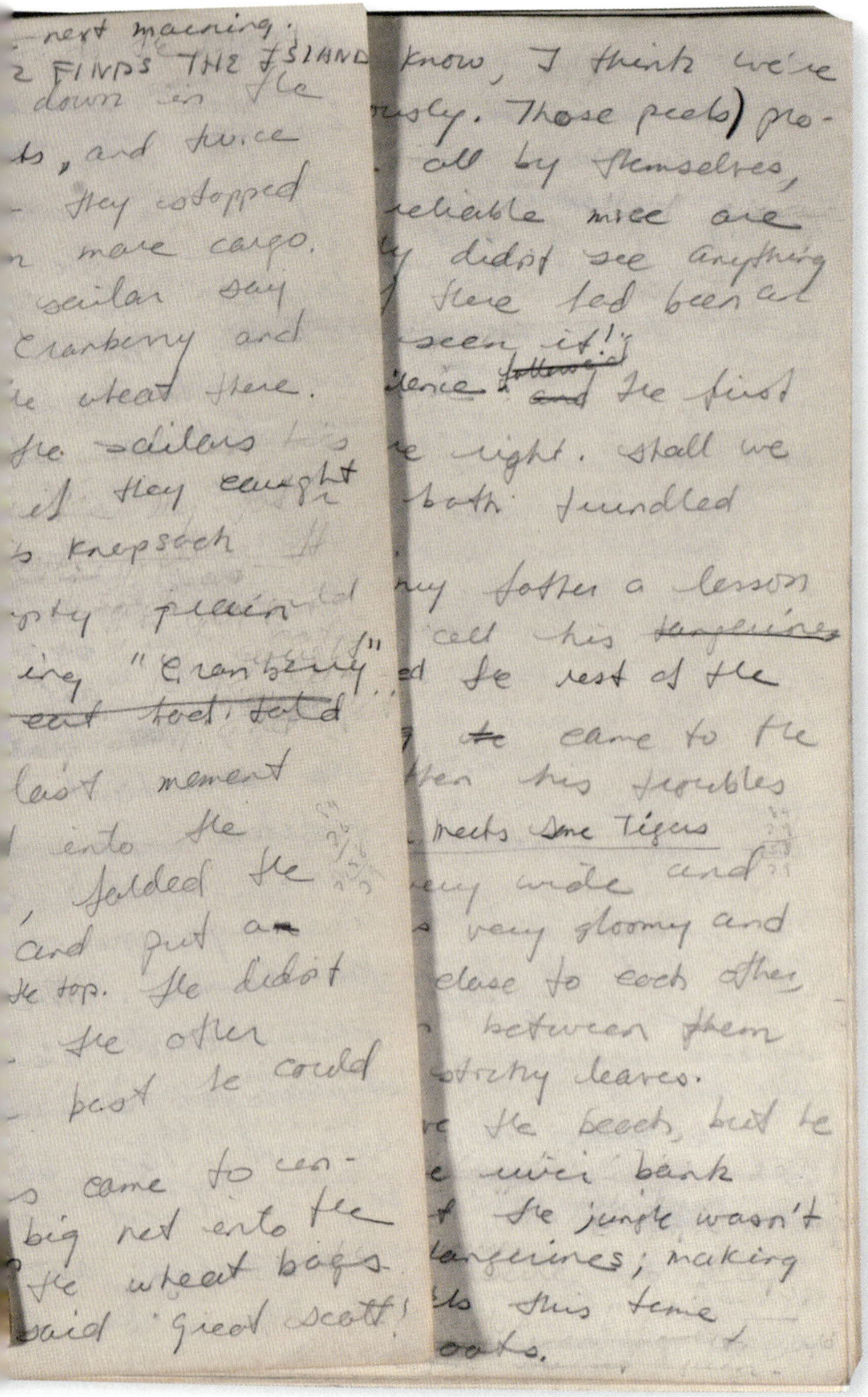

「そして、たいくつだから、お話でも書こうかなと思って、紙と鉛筆《えんぴつ》を出して書きはじめたの。『ぼくのとうさんのエルマーが小さかったときのこと、あるつめたい雨の日に……』って」

（本文116ページ）

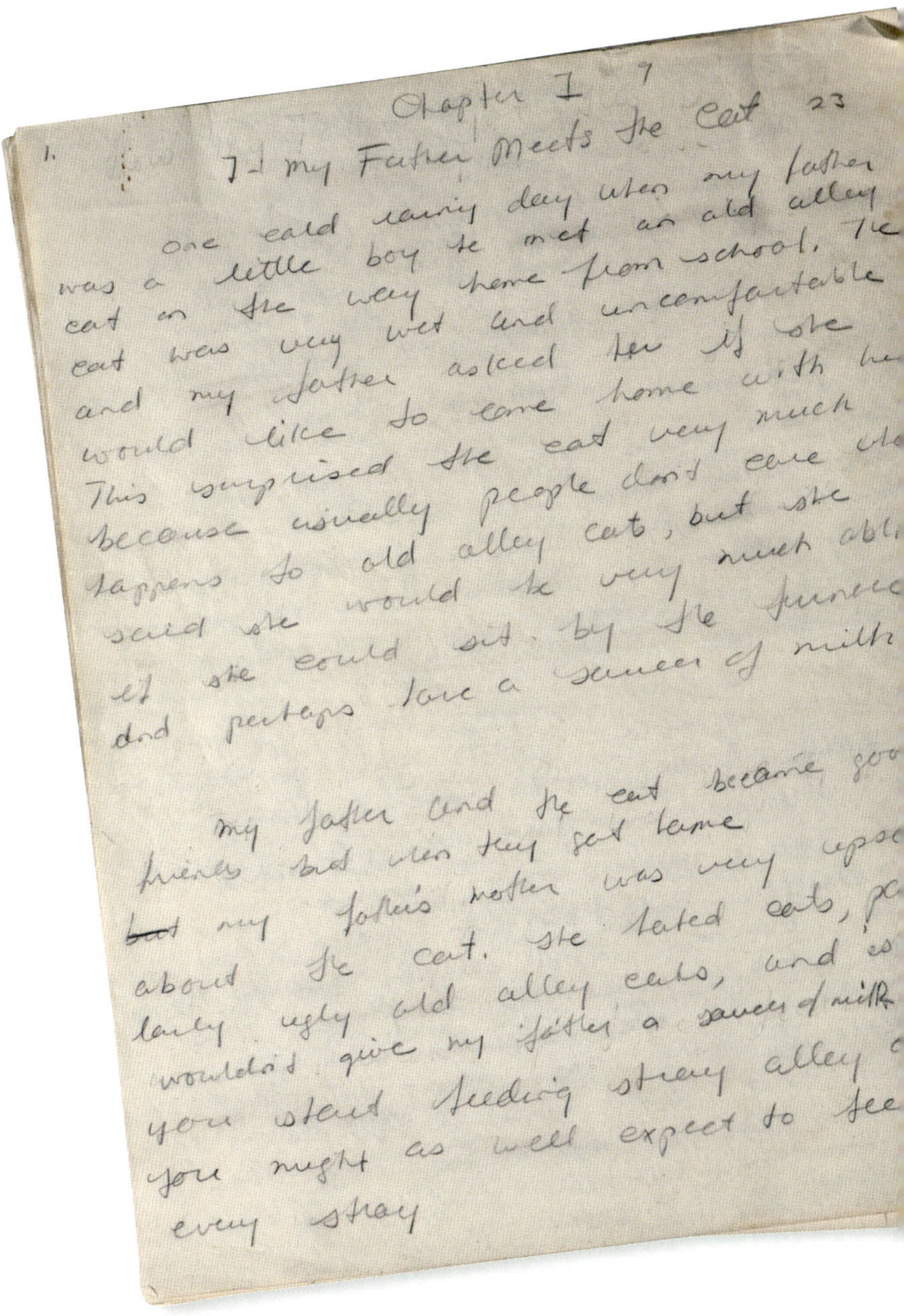
Chapter I 9 23

1. I — My Father Meets the Cat

One cold rainy day when my father was a little boy he met an old alley cat on the way home from school. The cat was very wet and uncomfortable and my father asked her if she would like to come home with h[im]. This surprised the cat very much because usually people don't care ab[out] old alley cat, but she happens to ... said she would be very much obli[ged] if she could sit by the furnace and perhaps have a saucer of milk.

My father and the cat became goo[d] friends but when they got home my father's mother was very upse[t] about the cat. She hated cats, pa[rticu]larly ugly old alley cats, and ... wouldn't give my father a saucer of milk ... you start feeding stray alley c[ats] you might as well expect to fee[d] every stray

『エルマーのぼうけん』の原稿

家族でエルマーの本を作っていたときのレイアウトのための試作。こうやって、どのページにどれだけ文を入れ、どんな絵を入れるか、実際に試しながら決めていった

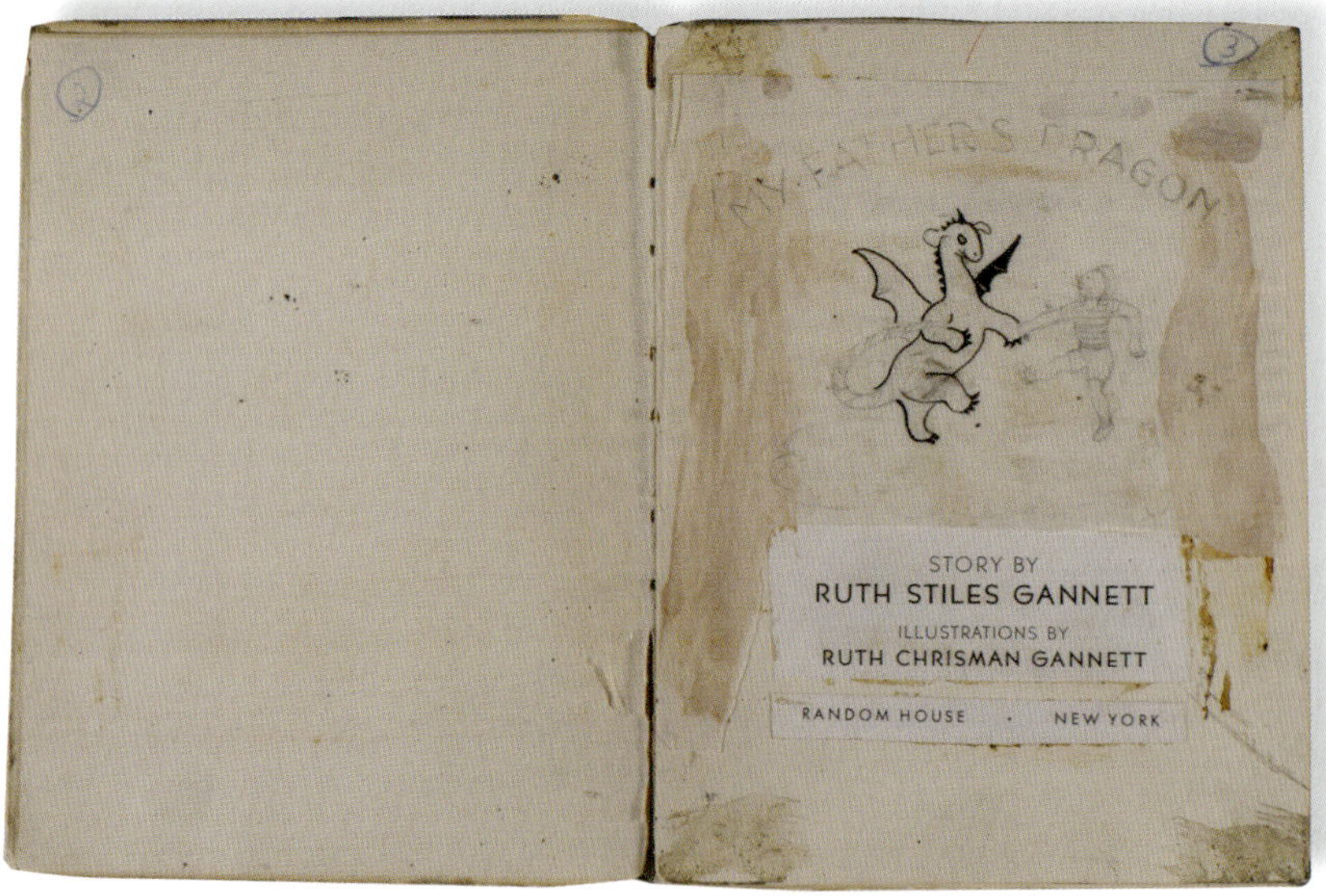

『エルマーのぼうけん』のとびら

『エルマーのぼうけん』58・59ページ

そのときから、家《か》族《ぞく》総《そう》出《で》でエルマーの本作りが始まったのです。

（本文 127 ページ）

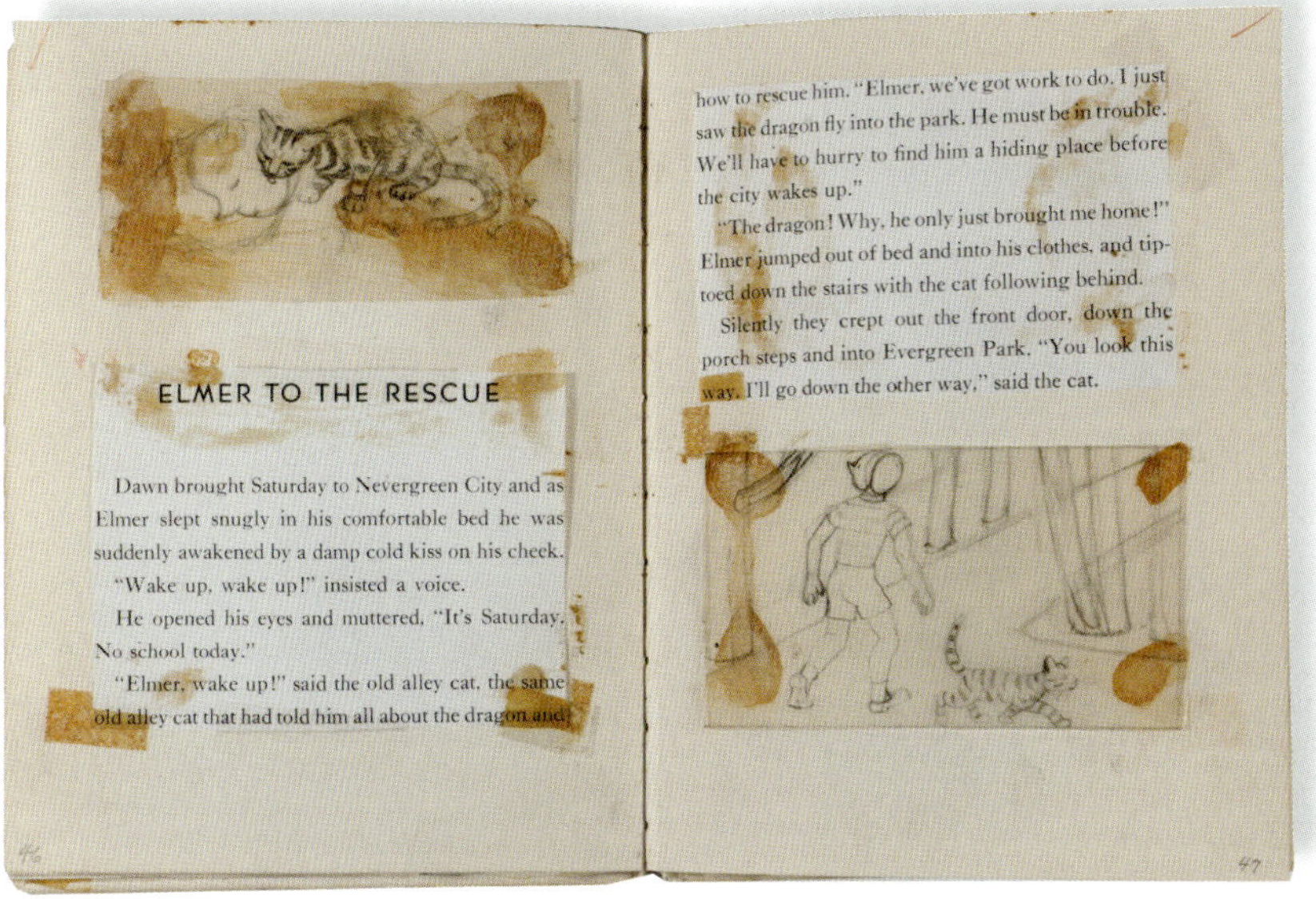

ELMER TO THE RESCUE

Dawn brought Saturday to Nevergreen City and as Elmer slept snugly in his comfortable bed he was suddenly awakened by a damp cold kiss on his cheek.

"Wake up, wake up!" insisted a voice.

He opened his eyes and muttered, "It's Saturday. No school today."

"Elmer, wake up!" said the old alley cat, the same old alley cat that had told him all about the dragon and how to rescue him. "Elmer, we've got work to do. I just saw the dragon fly into the park. He must be in trouble. We'll have to hurry to find him a hiding place before the city wakes up."

"The dragon! Why, he only just brought me home!" Elmer jumped out of bed and into his clothes, and tip-toed down the stairs with the cat following behind.

Silently they crept out the front door, down the porch steps and into Evergreen Park. "You look this way. I'll go down the other way," said the cat.

『エルマーと 16 ぴきのりゅう』62・64 ページ

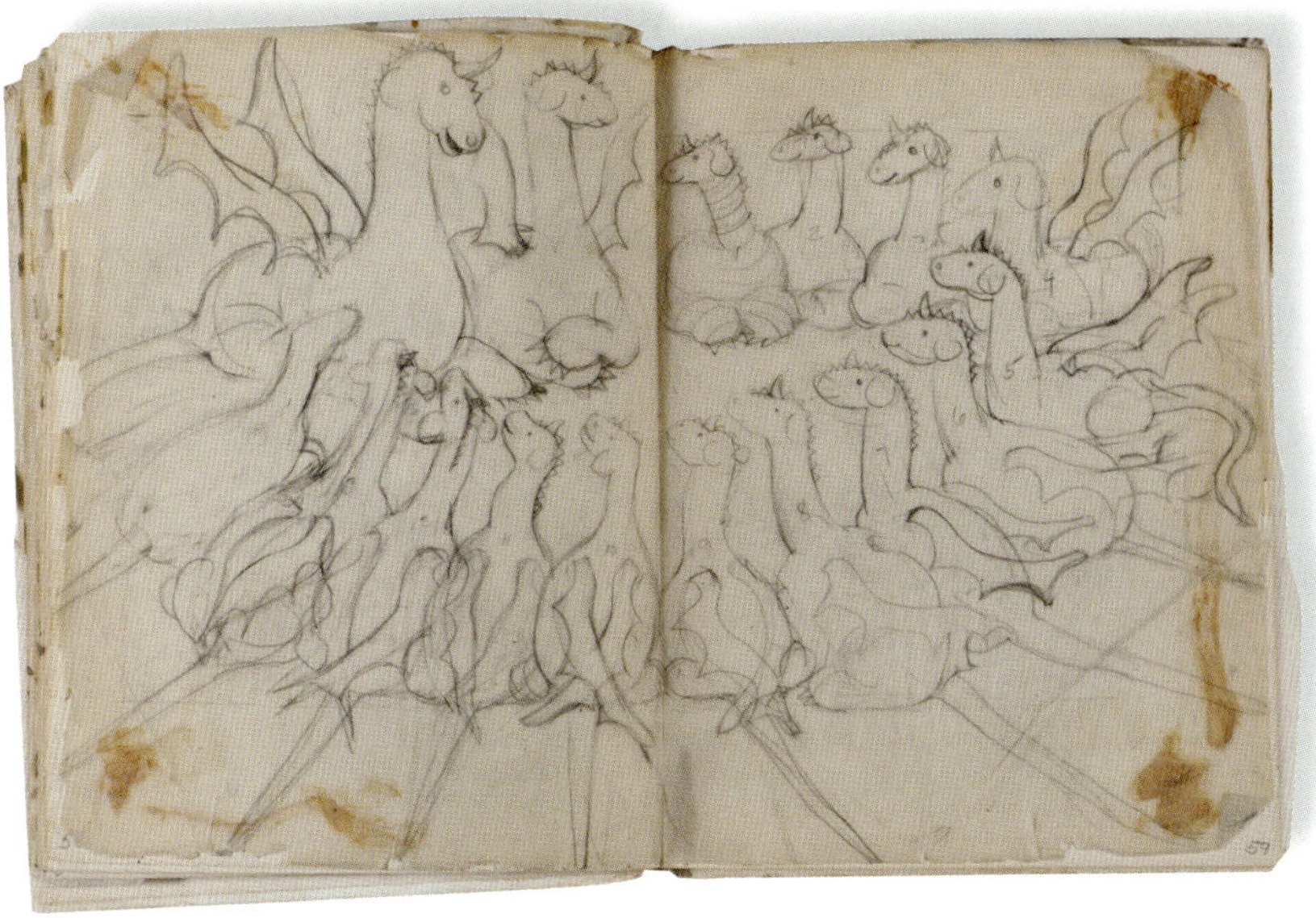

『エルマーと 16 ぴきのりゅう』78・79 ページ

8315

それ以来、ガネットさんは、広大な土地に立つ木造の古い家に、ひとりでくらしています。（本文149ページ）

ガネットさん。自宅のまえで（2014年9月）

ガネットさんが20代のころ作ったりゅうのアップリケ

「エルマーのぼうけん」をかいた女性
ルース・S・ガネット

前沢明枝

福音館書店

もくじ

はじめに

二〇一〇年の夏は記録破《きろくやぶ》りの暑さで、十月になっても暑い日が続《つづ》いていました。そんなある日、『エルマーのぼうけん』の作者、ルース・スタイルス・ガネットさんが日本にやってきました。わたしは、ガネットさんが都内の小学校でお話をするときの通訳《つうやく》として、いっしょに小学校に行くことになりました。

新聞社の方たちふたりとわたしは、ガネットさんがとまっているホテルへ、むかえにいきました。少し早めに行って、広いロビーでガネットさんが出ていらっしゃるのを待ちます。

ところで、わたしたちはだれひとり、ガネットさんに会ったことがありません。インターネットなどで最近《さいきん》の写真を探《さが》してみましたが、見つかりませんでした。八十七歳《さい》（当時）という年齢《ねんれい》だけを頼《たよ》りに、それらしい方がいらしたら声をかけようと、みんなでキョロキョロしていました。

しばらくすると、ロビーのおくのほうから、小さなおばあさんがやってきました。デニムのワンピースに白いハイソックスという、かわいらしいいでたちです。はずむような足取りに、いたずらっ子のようなまなざしで、小さな女の子が飛《と》びだしてきたみたいにも見えます。その人を見たしゅんかん、わたしたち三人は、「ガネットさんだ！」と思ったのでした。わたしはすぐに声をかけました。

「すみません、ルース・ガネットさんですか？」

「そうです」

（わあ、このおばあちゃまが、エルマーのお話を書いたんだ！）と、わたしは、すっかり感激《かんげき》してしまいました。でも、どうにか心を落ちつかせてあいさつをすませると、わたしたちは待たせていた車に乗りこみました。

小学校にむかう車のなかで、ガネットさんは、持っていた古い布製《ぬのせい》のバッグを開けました。バッグのなかには、ノートや紙がぎゅうぎゅうにつまっています。ガネットさんは、そこから、なかの物をぐいっ、ぐいっと、ひっぱりだしては、

「これを見せたらおもしろいと思うんだけど……」「こんなノートを見せたら、子どもたちのはげみになるんじゃないかしら」と、そうだんのような、自分自身に問いかけているような、そんな質問《しつもん》をやつぎばやにくりだします。

それらは、八十年以上もまえに、小学生だったガネットさんが使っていたノートや、六十四年もむかしにガネットさんが鉛筆《えんぴつ》で書いた『エルマーのぼうけん』の原稿でした。そういうものが、ついきのう書きおえて、バッグにつめられたかのように、つぎつぎと出てくるのです。わたしは目を見はりました。

道路が混《こ》んでいて、小学校には予定よりおくれて到着《とうちゃく》しました。でも、八十七歳《さい》のガネットさんをお連《つ》れするのですから、歩くときには、ゆっくり歩くのを忘《わす》れないようにしようと思っていました。

それなのに、車をおりたガネットさんは、なんて速く歩くのでしょう！

（え？　ちょっ、ちょっと……？）

わたしは、ときどき小走りしないと、ガネットさんに追いつけません。

とちゅうで一年生くらいの女の子が、楽しそうに鼻歌を歌いながら、スキップでそばを通りすぎました。するとガネットさんは、まるでその子と同い年のお友だちのように、うれしそうにわらって、いっしょにスキップしました。それは、どうみてもおばあさんのスキップではなくて、小学一年生のスキップでした。みなさんは、うれしいと、思わず走ったりジャンプしたりしませんか？　ガネットさんは、そんな「うれしいスキップ」を、それはかろやかにしたのです。

わたしは、思わずみとれてしまいました。

子どもたちとの授業《じゅぎょう》が始まりました。ガネットさんが子ども時代のノートなどを取りだすと、子どもたちは目を輝《かがや》かせて集まってきました。その輪《わ》に入って、いっしょにノートを見ていると、目のまえにアメリカ人の女の子の姿《すがた》が浮《う》かびあがってくるようでした。ノートにむかって、何かをいっしょうけんめいに書いている女の子。子ども時代のガネットさんです。

ガネットさんと別《わか》れてから、わたしは、ガネットさんはどんな子どもだったのだろうと思いました。子ども時代のガネットさんに会ってみたかったな……。それから、エルマーを書いたときのことも、もっと知りたいな。

そこでわたしは、思いきってガネットさんに手紙を書いたのです。いろいろな話を聞かせてほしい、そして聞いた話を本にして、『エルマーのぼうけん』のお話がだいすきな、たくさんの人たちに伝えたい、と。

まもなく、ガネットさんから、「どうぞ、うちにいらしてください」と返事が来ました。わたしはさっそく、ニューヨーク州のご自宅《じたく》へ、インタビューにうかがったのです。

二〇一一年三月、わたしはアメリカのニューヨーク州にある、イサカという空港におりたちました。売店ひとつない、とても小さな空港です。ゲートを出ると、すぐ目のまえに、笑顔《えがお》のガネットさんが立っていました。灰色《はいいろ》のロビーのなかで、そこだけが明るく見えました。

ガネットさんの運転で、除雪《じょせつ》したばかりの道路を走り、三十分ほどで家に着きます。ガネットさんの家は、広大な敷地《しきち》に立つ木造の古い家でした。白と黒のぶちの猫《ねこ》、シルベスターが出むかえてくれました。

この家で、わたしはガネットさんから、たくさんのお話を聞いたのです。

空港で　© Akie Maezawa 2011

第1部
『エルマーのぼうけん』が生まれるまで

ガネットさんが初めて描いた「りゅう」の絵

むかしむかし……ちいさなルーシー

インタビューのはじまり

ガネットさんの家の一階には、キッチンのほかに、しょさいと三つの部屋《へや》があります。ひとつめの部屋《へや》の大きなテーブルの上には、とても古いアルバムが数冊《すうさつ》置《お》いてありました。ガネットさんが、今回のインタビューのために用意しておいてくれたのです。最初《さいしょ》のアルバムのとびらを開くと、かわいい赤ちゃんの写真がありました。

わたしはレコーダーのスイッチを入れると、さっそくインタビューを始めました。

——これ、ガネットさんですか?

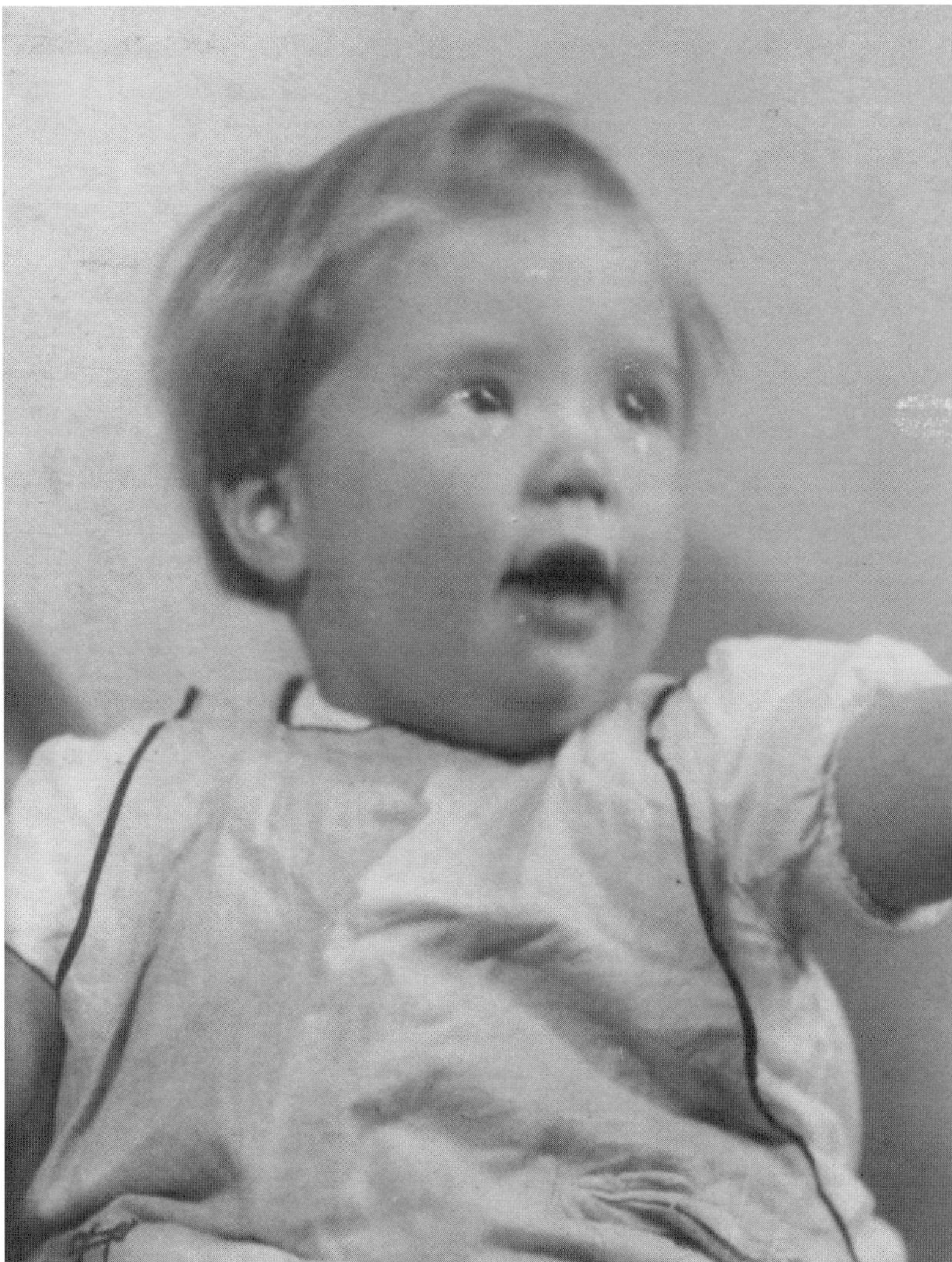

１歳のころ

「ええ、そう」

――すてきな写真ですね。だれがとったんですか？

「さあ、覚《おぼ》えていないわ。赤ちゃんだったから」

ユーモアたっぷりに答えるガネットさん。アルバムのページをめくると、幼稚《ようち》園《えん》や小学校に通っていたころの写真もあります。子ども時代の写真がこんなにあるなんて、思ってもいませんでした。これらは九十年近くまえ――第二次世界大《だいにじせかいたい》戦《せん》の二十年もまえ――にとられた写真です。

――小さいころは、なんて呼《よ》ばれていたんですか？

「ルーシーって呼《よ》ばれていたの」

こうして、ガネットさんがルーシーだったころのお話が始まりました。

お母さんとルシール

ルース・スタイルス・ガネット、愛称《あいしょう》ルーシーは、一九二三年八月十二日にアメリカのニューヨークで生まれました。父ルイス・スタイルス・ガネットと、母メアリー・エリザベス・ロスの二番目の子どもで、四歳上《さいうえ》のお兄さん、マイケルがいます。

ルーシーが生まれたとき、お父さんは、今も発行されている「ネイション」という雑誌《ざっし》の記者でした。お母さんは、「サーベイ・グラフィック」という雑誌《ざっし》の記者で、こちらは一九五二年まで発行されていました。どちらも、アメリカの政《せい》治《じ》や社会問題を取りあげて、社会の正義《せいぎ》をうったえる雑誌《ざっし》です。

今から九十年以上もまえ、ルーシーが生まれたころは、女性《じょせい》が働《はたら》くのはたいへんめずらしい時代でした。まれに働《はたら》いたとしても、仕事はだいたい決まっていて、看護師《かんごし》、先生、秘書《ひしょ》などに限《かぎ》られていました。男の人と同じ職場《しょくば》で、同じ仕事をしている女性《じょせい》は、まず、いません。女性《じょせい》が記者になるとしたら、男性《だんせい》が、かなわないような働《はたら》きをするしかありません。運よく記者になっても、男性記者《だんせいきしゃ》と同じ仕事は、させてもらえないのがあたりまえでした。女性《じょせい》なら、料理《りょうり》や子育てなど、家庭の記事を書くのがふさわしいと思われていたのです。外のできごとを取材《しゅざい》したくても、女性記者《じょせいきしゃ》は、危険《きけん》だからと、ひとりで出歩くことさえゆるしてもらえません。少しまえまで、女性《じょせい》はロングスカートをはいていた時代です。

そんなときに、ルーシーのお母さんは、治安《ちあん》の悪い地域《ちいき》ものともせず、ひとりで取材《しゅざい》に行って、男性《だんせい》と同じように記事を書きました。お母さんは、アメリカ女性《じょせい》の社会進出への道を切りひらいたひとりでもあったのです。

——すごいお母さんですね。うちではきびしかったですか?

「いいえ。おこったところを見たおぼえがないの。

母は、『女性初《じょせいはつ》…』ってつくようなことを、いくつもやった、時代の最先端《さいせんたん》を行く女性《じょせい》だったけど、ほんとうは、ふつうのお母さんがするように、子育てや家の仕事も、もっとやりたかったんじゃないかなって思うこともあるの。でも父は、母にはその時代でいちばんすすんでいる女性《じょせい》であってほしいと考えていたから、母も簡単《かんたん》に仕事をやめられなかったんじゃないかなって」

――ご両親が働《はたら》いているあいだ、子どもたちの世話《せわ》は、だれがしたんですか？

「わたしが生まれてすぐのころは、いろんな人にたのんでいたんですって。でも二歳《さい》になってからは、ルシールという若《わか》い黒人女性《こくじんじょせい》をやとって、ずうっとめんどうをみてもらったの」

――ずうっと？

「そう。わたしが十三歳《さい》で寮生活《りょうせいかつ》を始めるまで、ずうっと。朝から夜まで、ずうっと」

――お母さんが家にいなくて、さびしくなかったですか？

「ぜんぜん。ルシールさえいてくれればね。母が出張《しゅっちょう》で帰らないときは、ルシールが家にとまってくれるの。食事から何から、身の回りのことはぜんぶやってくれるし、洋服だってぬってくれるし。もしかしたら、母がいないよりルシールがいないほうが、さびしかったかもしれない。だって、母が出張《しゅっちょう》で一週間家をあけ

4歳のころ。世話をしてくれていたルシールと

るときに、おみやげは何がいいかって聞かれて、『黒い（肌《はだ》の）お人形』ってお願《ねが》いしたくらいだから。家には白い（肌《はだ》の）人形しかなくて、ルシールと同じ色の人形がないのが、さびしかったの」

このころ、北部の州に住む白人女性《はくじんじょせい》は、結婚《けっこん》するとたいてい仕事をやめて、自分で子どもを育てました。ですから、ルーシーのように、黒人女性《こくじんじょせい》に育ててもらった白人の子どもは、めずらしかったはずです。黒人にたいする差別《さべつ》が強く残る時代に、黒人女性《こくじんじょせい》を家族のように信頼《しんらい》して、一日じゅう子どもをあずけ、しつけまで任《まか》せる白人家庭は、よほどめずらしかったに違《ちが》いありません。

でもルーシーの家では、人種《じんしゅ》や貧富《ひんぷ》の違《ちが》いで人を差別《さべつ》することはありません。むしろ、そんなことで差別《さべつ》を受けている人たちがいれば、助けようとするのがガネット家です。

お父さんの両親（ルーシーのおじいさん・おばあさん）は、十九世紀《せいき》後半《こうはん》、どれい制度《せいど》が廃止《はいし》されたあと、働《はたら》くあてもなく、家どころか着る物も食べる物もないまま放りだされた黒人たちを、救《すく》う運動をしていました。かれらのための学校も設立《せつりつ》しています。ですからお父さんは、小さいころから、黒人を救《すく》うために戦《たたか》う両親の姿《すがた》を見て育ったのです。

さて、出張《しゅっちょう》から帰ったお母さんは、おみやげにちゃんと黒い人形を買ってきてくれました。でも、買うのにはたいへんな苦労《くろう》があったそうです。なぜなら、昔は黒人の人形はほとんど売られていなかったからです。たいていの黒人は差別《さべつ》をうけて、まずしい生活をしていましたから、人形を買うお金などありません。人形がほしければ、ぼろきれを使って、自分たちで手作りしました。白人は白い人形しか買わないし、黒い人形は買う人がいないので、おもちゃの会社も作らなかったのです。

「だから母は、かたっぱしからお店に入って、黒い人形がないかたずねてまわったんですって。それで、ようやく一体見つけて、買ってきてくれたの。緑のフェルトのぼうしをかぶったお人形。おとなになっても、ずっとたいせつにしていたの。つい最近《さいきん》まで、うちにあったのよ」

おとなになってもたいせつにしていたと聞いて、わたしは、ガネットさんはルシールをとっても愛《あい》していたんだろうな、と思いました。

ひとりでできる！

――覚《おぼ》えているなかで、いちばん古い思い出はなんですか？

「三歳《さい》になる少しまえのころかしら。両親が別荘《べっそう》を買って、そこでみんなで楽しく過《す》ごしたことを覚《おぼ》えてる」

小さいときのことを、ガネットさんはたくさん覚《おぼ》えています。

ルーシーが生まれたころ、アメリカでは、車の値段《ねだん》がふつうの人たちでも買えるくらいになりました。それまでは、ニューヨークの町なかには、馬車が行きかっていました。ルーシーも、小さいころは、馬車を見ることがあったそうです。

ルーシーの両親は、さっそく車を買いました。

自家用車があれば気軽に遠出もできます。そこで両親は、自宅《じたく》のあるニューヨーク州のとなりの、コネチカット州の郊外《こうがい》、コーンウォールというところに、別荘《べっそう》も買いました。

４歳年上の兄マイケルと

別荘《べっそう》の近くには、お兄さんのマイケルやルーシーと年の近い三人《さんにん》姉妹《しまい》が住んでいて、ルーシーたちが別荘《べっそう》にいるあいだ、子どもたちは毎日いっしょに遊びました。五人の子どものなかでは、二歳《さい》のルーシーがいちばんのおちびさん。六歳《さい》のマイケルは、いつも妹のめんどうをみながら遊ぶのでは、おもしろくありません。それで、たまにルーシーを置《お》いて、こっそり遊びにいってしまうこともありました。

「わたしは、なんでもみんなと同じにできるつもりでいたの。でも、二歳《さい》じゃね。みんなにとっては赤ちゃんよね」

あるとき、マイケルはまたひとりで遊びにいってしまいました。それを知ったルーシーは、自分で替《か》えのオムツをもって、マイケルのあとを追いかけていったそうです。

――二歳《さい》なのに、オムツを自分で持っていくなんて！

「そうなのよ。少し大きくなってから、母から聞いた話なの。でもねえ、オムツを持っていったって、自分じゃ替《か》えられないのにね！」

またあるとき、マイケルと三姉妹《しまい》たちは、大きな納屋《なや》の屋根うらで、本を読むことにしました。屋根うらへ行くには、納屋《なや》の外側《そとがわ》についている急な階段《かいだん》を登ります。ここなら、ルーシーは来られません。まだ本を読めないルーシーにじゃまされることなく、静かに本を楽しむことができると思ったのです。でもルーシーは、登れないなんて思っていません。だって、みんなが登っていったのですから。ルーシーは、両手を階段《かいだん》について、はうようにして登っていきました。

ところが、ようやくいちばん上まで登りついたとき、とつぜん強い風が吹《ふ》いて、屋根《やね》うら部屋《べや》のとびらが勢《いきお》いよく開き、ルーシーは、そのとびらに、はらいのけられてしまいました。そして、なんと階段《かいだん》のいちばん下まで、ころがりおちたのです!

大きなけがはしないですみましたが、とびらが顔にあたったので、目のまわりにあざができました。

ルーシーは、そのあと百日ぜきにかかり、高熱《こうねつ》を出してねこんでしまいました。

「あのときは、熱《ねつ》で顔がまっかなのに、目のまわりだけあざで黒くなっていて、ひどい顔だったって、あとで聞かされたわ」

といって、わらうガネットさん。

――小さいのに、ひとりでマイケルを追って家を出ていったり、おてんばなことをしたり……お母さんにしかられたでしょうね。

「母にも父にも、しかられた記《き》憶《おく》はないの。覚《おぼ》えているのは、まちがったことをすると、どうしてそんなことをしたのか聞かれたこと。それから、そういうことをしたら、どんなことになるか、いっしょに考えたり、説明《せつめい》したりしてくれたこと。父も母も、わたしたちが小さいときから、おとなと話すように接《せっ》したの」

――うんと小さいときから、自分で考える練習をしていたみたいですね。

「そうね。自分で考えて決める自由を、ずいぶんもらっていたと思うわ。自分で考えたことは、結果《けっか》が思うようにならなくても、なっとくするしかないでしょう? それで、マイケルもわたしも、あまりだだをこねなかったんだと思う。

どんなにたいへんでも、自分の人生は自分で考えるから楽しいと思うの。だからこんなふうに育ててもらったことを、とても感謝《かんしゃ》しているの」

ルーシーが小さかったとき、まちがったことをすると、おとなたちはしからずに、話を聞いてくれました。おとなに説明《せつめい》をしているうちに、まちがったことをしたと、自分で気づくこともありました。こうしたやりとりを通して、ルーシーは、さまざまなことを学んでいったようです。

お話だいすき

アメリカの学校制度は、日本とは違《ちが》います。日本は、どの地域《ちいき》でも小・中・高校は、それぞれ六年・三年・三年という年限《ねんげん》になっています。アメリカも、小学校から高校までは、日本と同じ全部で十二年ですが、年限《ねんげん》の区切り方は、学校や地域《ちいき》によって何通りかあります。

ルーシーの通ったシティー・アンド・カントリースクールは、いちばん下の「プレスクール」（日本の幼稚園《ようちえん》に近い）から「エレメンタリースクール」（日本の小学一年から四年）、「ミドルスクール」（日本の小学五年から中学二年）までの一貫校《いっかんこう》です。ここを卒業《そつぎょう》すると、四年制《ねんせい》の「ハイスクール」（日本の中学三年から高校三年）に進学し、その後、大学へすすみます。

シティー・アンド・カントリースクールの子どもたちは、プレスクールのときから、毎日たくさんお話を聞いてすごしました。

「おひるねの時間があって、ねるまえにもかならずお話を読んでくれたの」

――覚《おぼ》えているお話はありますか？

「ラディヤード・キップリングの『ジャングル・ブック』がだいすきだった」

――ジャングルでオオカミに育てられた少年、モーグリの物語ですね。モーグリは動物たちと話ができましたね。

「自分がモーグリになったつもりでお話を聞いていたの。むかしから動物がすきで、自分で作るお話も、動物が出てくるものばかり」

――えっ。三歳《さい》で、お話を書いていたんですか？

「書かないで、話すだけ。シティー・アンド・カントリーでは、お話作りも遊びに取りいれられていたの。子どもたちがお話を作って語ると、先生が書きとめるのよ。

みんな、むちゅうでお話を作ったわ。あとで先生が書きとめたお話を読んで聞かせてくれるの。自分のお話を聞くって、ドキドキするのよ。

家でも、学校にならってお話を書きとめてくれたの。母に本を読んでもらった

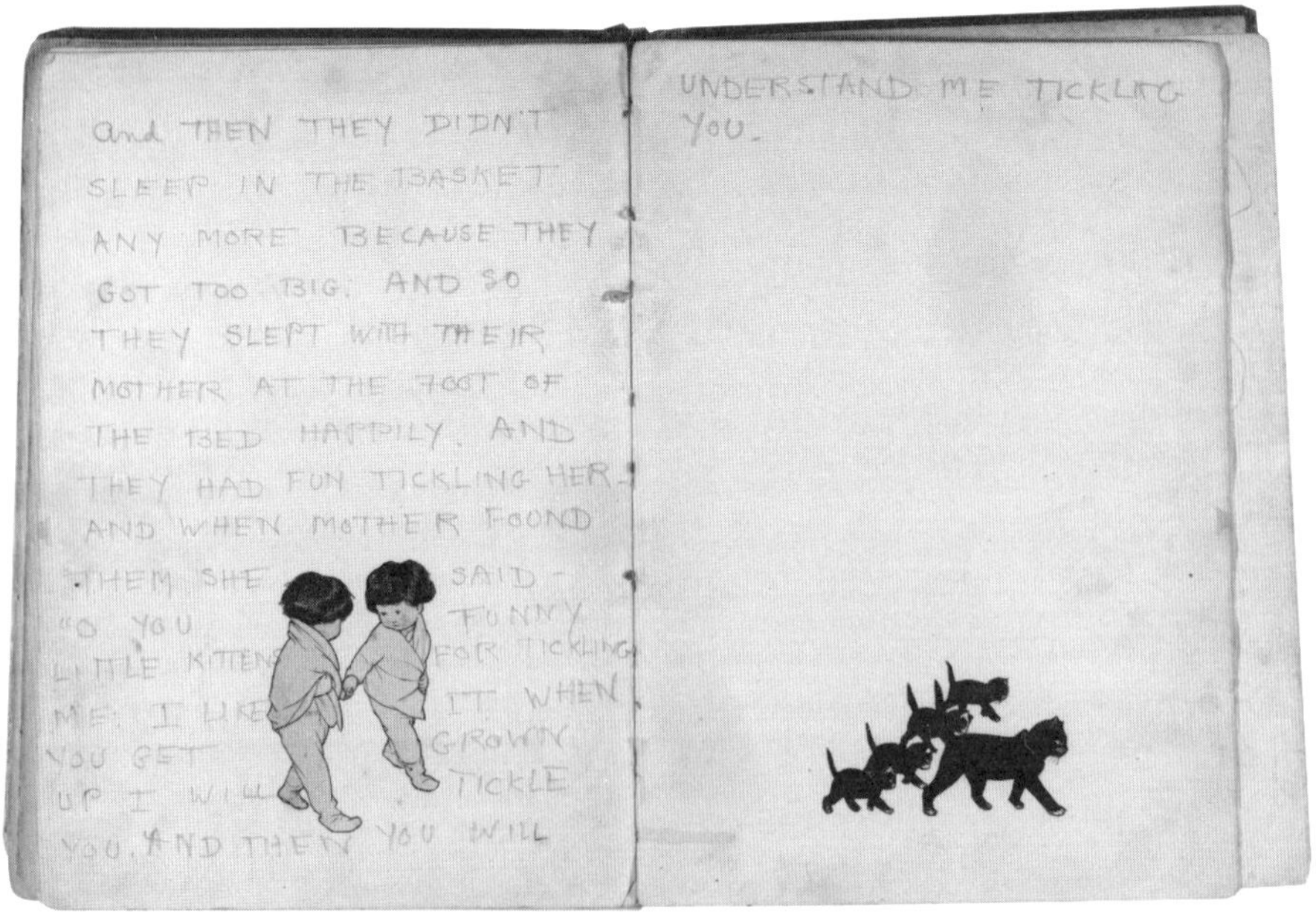

子どものころ、読んでもらった絵本『ねこのタビファとふたごたち』の最後のページ。
ルーシーはこの物語の続きを作って語り、母がそれを書きとった

〈ルーシーのお話訳〉

そしてそれからは、子ねこたちは、バスケットのなかに入ってねむることはありませんでした。なぜなら、みんな、もう、大きくなったからです。子ねこたちは、おかあさんねこといっしょに、ふたごのベッドのうえで、しあわせにねむりました。子ねこたちは、ベッドで、おかあさんねこをくすぐって遊びました。おかあさんねこはいいました。

「おかあさんをくすぐるなんて、おかしな子ねこちゃんだこと。でも、おかあさんも楽しいわ。おまえたちが大きくなったら、こんどはおかあさんがくすぐってあげますからね。そうすれば、おまえたちも、どんな気持ちがするかわかるから」

あと、自分で話の続《つづ》きを作って、書きとめてもらうこともあったし。

シティー・アンド・カントリーでは、七歳《さい》になるまで（日本でいうと小学二年生になるまで）字を教えないの。そのかわり子どもたちは、字を習うまえに、字を読んだり書いたりできたらどんなに楽しいか、たっぷり教わるの。

学校の図書館には、子どもの身長にあわせて作ったすてきなソファや、どっしりとしたふかふかのイスが置《お》いてあってね。おとなのしょさいにあるようなイスよ。字が読めれば、そこにすわって本が読めるでしょう？　年上の子たちがそういうイスにこしかけて本を読んでいるすがたが、とてもカッコよく見えてね。みんな、早く字を覚《おぼ》えて自由に図書館に行けるようになりたくて、うずうずしていたわ。こっそり自分で字を勉強している子もいたの」


どんなお話でも、子どもたちが話せば、おとなは熱心《ねっしん》に耳をかたむけ、とてもたいせつにしてくれました。うんと小さいときから、ルーシーたちは、自分のお話が文字になっていくよろこびを知っていたのでしょう。

ルーシーが子どものころのノートに、自分で作ったお話がたくさん書いてありました。お話には、いつも動物が出てきて、自由におしゃべりをしていました。

お父さん家を出る

――お父さんとお母さんは離《り》婚《こん》されたんですね。ガネットさんがいくつのときですか？

「わたしが五歳《さい》になってすぐ。あの日の光《こう》景《けい》は、今でも目にうかぶわ。

ある日、マイケルといっしょに両親の寝《しん》室《しつ》によばれたの。寝《しん》室《しつ》には、いつもどおり、しんちゅう製《せい》の大きなベッドが、でんと置《お》いてあってね。

入っていったら、父がいったの。『パパとママは、いっしょにくらさないことになったんだ』って。つまり、離《り》婚《こん》するということなんだけど、

５歳。兄マイケルと

わたしには、その意味がわからなかったの。どう返事をすればいいのかもわからないまま、『じゃあ、パパは、こんどはルシールと結婚《けっこん》できるね！』っていったの。もちろん、たいした考えもなくね」

その週末《しゅうまつ》、ルーシーは、マイケル、お母さん、母方のおばあさん、そしてルシールといっしょに、海辺《うみべ》の町に旅行に行きました。

旅行から家にもどると、お父さんの使っていた物や服は消えていました。これからは、家族全員がそろって過《す》ごすことはありません。あんなに楽しかったコーンウォールの別荘《べっそう》にも、みんなで行くことはないのです。ルーシーには、そのことも、よくわかってはいませんでした。

――お父さんが出ていったあと、さびしかったですか？

「そのときは、あまりさびしいって思わなかった。一日のうちで、いっしょにいる時間がいちばん長いのはルシールでしょう。そのルシールは、まえと変わらずいっしょにいてくれるっていわれたから。

でも九歳《さい》だったマイケルは、父親にみすてられたと思ったみたい。母に『もし、ぼくがおとなになって結婚《けっこん》して、子どもができたら、ぼくはぜったいに子どもを置《お》いて出ていくようなことはしない』って、何度もいうから、母はとても心配したんですって。

わたしのほうは、父が家にいなくなっても、何ひとつもんくをいわなかったから、母はあまり気にしていなかったようね。

だけどおとなになってから、気がついたの。父が出ていった年に起きたことは、ほとんど何も覚《おぼ》えていないって。学校がだいすきで、今でも先生たちの名前を覚《おぼ》えているのに、父が出ていった年の担任《たんにん》の先生の名前は、覚《おぼ》えていないの。学校で何をしていたのかも、覚《おぼ》えていないのよ。だから、きっと、わたしもきずついていたんだと思うの。ただ、まだ小さかったから、とつぜん父と別《わか》れてくらすことになった悲しさとか、不安《ふあん》とか、怒《いか》りとか……そういったものが、ぜんぶ入りまじった複雑《ふくざつ》な気持ちを、どうやって言葉《ことば》にしたらいいのか、わからなかったたんじゃないかしら」

両親が離婚《りこん》してから、週末《しゅうまつ》は、お母さんとくらす自分たちの家と、お父さんの家とで、交互《こうご》に過《す》ごすことになりました。四か月もある長い夏休みも、前半と後半に分けて、半分はお母さんと、あとの半分はお父さんと過《す》ごしました。

まもなくお父さんは、ルーシーたちの家から歩いていけるところにひっこしてきました。ルーシーたちは、いつでもお父さんに会えるという気持ちで、生活をすることができるようになりました。マイケルは早起きして、お父さんの家で朝ごはんを食べてから、学校に行くこともありました。

お父さんは、いっしょに住んではいなかったけれど、ルーシーにとっては、ずっとたいせつな家族でした。

お父さんとドライブ

――ご両親が離婚《りこん》されたあと、休みの日はどんなふうに過《す》ごしましたか？
「父と過《す》ごす週末《しゅうまつ》には、よく、ドライブにつれていってもらったわ」

六歳《さい》になる夏、ルーシー、マイケル、そして世話役《せわやく》のルシールは、お父さんの運転で父方のおばあさんの家に行くことになりました。

車は、見わたすかぎり農場のつづく大地をひたすら走ります。とちゅうに店やレストランはありません。つかれたら農家に立ちより、そこの農場でとれるくだものや、農家の人が手作りしたおかしなどを買って休みます。

ルーシーたちは、あるリンゴ農園で休むことになりました。お父さんは車を止めて、農家の人をさがしにいきました。そのあいだに、ルーシーはリンゴ畑を見にいきました。

６歳のとき。前列左がマイケル、マイケルの後ろに立っているのが父方の祖母、真ん中がルーシー、右後ろに父とルシール

――ひとりで見にいったんですか？

「ええ。そうしたら、リンゴの木の下に、農家のブタが集まって、落ちたリンゴを食べていたの。

それで、もっとリンゴを落としてあげようと思って、リンゴの木に登ったのよ。そしてえだにうつって、手あたりしだい、リンゴをもいで落としていったの。そのうち、落とすのにむちゅうになって、いつのまにか、体がえだのさきのほうに来ていたのに、気がつかなかったの」

――あぶない……。

「そう、つぎのしゅんかん、えだがおれて、わたしはえだといっしょにいちばん大きなブタの上に落ちて、ブタは『キィ――――ッ』って、ものすごい悲鳴《ひめい》をあげて、いちもくさんににげていったの」

――だいじょうぶでしたか？

「ブタの上に落ちたおかげで、けがはひとつもなかったの。だけど、だんだん心配になってきたのよ。わたしのことを受けとめたあのブタ、どんなに痛《いた》かっただろうって。もしかしたら、大けがをしたんじゃないか。今ごろ、けがで苦しんでいるかもしれない。早く助けてあげないと、きっと死んじゃうって。胸《むね》が苦しくなるほど心配になって、大声で泣《な》きながら、父のところに走っていったの」

——みんな、びっくりしたでしょう？

「農家の人といっしょにいた父は、おどろいた顔で、『ルーシー、どうした⁉』って。わたしは、『ブタの上に落っこちた！』ってさけんだの」

——そうしたら？

「みんな、とつぜん、わらいだした。

わたしは、きっと、農家の人はあわててブタのところへとんでいって、ようすを見てくれるだろう、パパは、『泣《な》かなくてもだいじょうぶ、心配ないよ』って、なぐさめてくれるだろうって期待していたのよ。ブタが死んでしまうかもしれないと思って、一秒でも早く知らせようと走ったのよ。それなのに、みんな、ただただ、おおわらいしているの。だれもブタを見にいかないし、なぐさめてもくれない。わらうばかり。

もう、くやしくて、くやしくて。それなのに何もいえないし、あのときは、ほんとうにきずついたわ。あの場面を思いだすと、今でもそのときのくやしい気持ちが、よみがえってくるの」

ルーシー学校へ行く

ちょっと変《か》わった小学校

ルーシーの学校は、ふつうの学校と違《ちが》っていました。先生の役割《やくわり》は、子どもたちに考えさせること。正解《せいかい》を教えることではありません。だから教室のつくえも、黒板にむけてならんではいません。グループごとにまとまって、いつでもみんなが話し合えるようにならんでいます。こまったことが起きたら、すぐにみんなでそうだんします。先生は、子どもたちが考えるようすに、じっと耳をかたむけます。

ほかの学校といちばん違《ちが》うのは、三年生になると「仕事」が始まることです。先生のお手伝《てつだ》いや「係」とは違《ちが》います。毎日二時間ぐらい、学校でほんとうに働《はたら》

8歳のころ

くのです。
三年生はぶんぼうぐ店を経営《けいえい》します。「経営《けいえい》する」ということは、売る品物を問屋《とんや》から買ったり、おつり用の小銭《こぜに》を用意したり、品物に値札《ねふだ》をはったり……、たくさんの手間がかかります。お店を閉《し》めたあとには、売り上げ金と売った品物の数が合うかどうかを確認《かくにん》して、残っている品物の数を数え、売り切れたものは問屋《とんや》に注文します。

――学校でぶんぼうぐ店を経営《けいえい》するって、具体的《ぐたいてき》にどんなことをしたんでしょう？

「毎朝、授業《じゅぎょう》のまえに三十分間店を開けて、ノートや図工用の道具などを売るの。お客は生徒《せいと》、先生、ときどき家族も。電卓《でんたく》はない時代だから、子どもたちは、『五セントのエンピツ六本と十セントのノート二冊《さつ》』といった買い物の合計金額《ごうけいきんがく》を、その場で計算するの。おつりの計算もね。計算が遅《おそ》かったり、まちがったりすると、お客さんがイライラするでしょう？　だから、みんな、自主的《じしゅてき》に計算の練習をしたわ。

お金を受け取ったら、レシート（領収書《りょうしゅうしょ》）もわたすのよ。レジはないから、レシート用紙に、日付《ひづけ》、買った人の名前、売った品物の名前と数、ねだんを書くの。だれが見ても読める字で書かなくてはならないから、字や数字をきれいに書く練習もしたわ」

――九歳《さい》の子どもたちがこなすには、ずいぶんたいへんな仕事だったのではないですか？

「そうね。お店ひとつで、あんなにたくさんやることがあるなんて、思ってもいなかったから、最初《さいしょ》は驚《おどろ》いた。たしかにたいへんだったけど、みんなで助けあったり、くふうしたりして、がんばるの。わたしたちを信頼《しんらい》しているから、店を任《まか》せてくれるんだと思うと、とてもうれしいから。

うまく仕事をするために、勉強しているようなところもあったわ。わたしなんて、毎朝起きると、学校に行くというよりも、『さあ、きょうも仕事に行くぞ！』っていう気持ちだった」

——ふつうの授業《じゅぎょう》はないんですか？

「全員で先生に教わる形の授業《じゅぎょう》はなかったかもしれないわね。宿題もなかった。みんな、一度、ほかの学校の子どもたちがやっている宿題っていうのをやってみたくて、先生にお願《ねが》いしたことがあるの。宿題を出してくださいって。だけど、やってみたらあまりおもしろくなかったから、一度きりで終わり。

たいてい、学校の仕事が授業《じゅぎょう》につながっていくの。例《たと》えば——。お店のお金をかぞえているときに、ある子が、お札《さつ》に番号が書いてあることに気づくと、それが何のための番号か、みんなで図書館に行って調べるわけ。お金がいつごろできたのか、歴史《れきし》も調べるし、お金の博物館《はくぶつかん》に行って世界のお金を見学したり」

——卒業《そつぎょう》するまでぶんぼうぐ店を経営《けいえい》するんですか？

「仕事は学年によって決まっているのよ。四年生はゆうびん局、五年生は図案屋《ずあんや》。図案屋《ずあんや》は、学校の先生や子どもたちから注文を受けて、学校じゅうの看板《かんばん》やけ

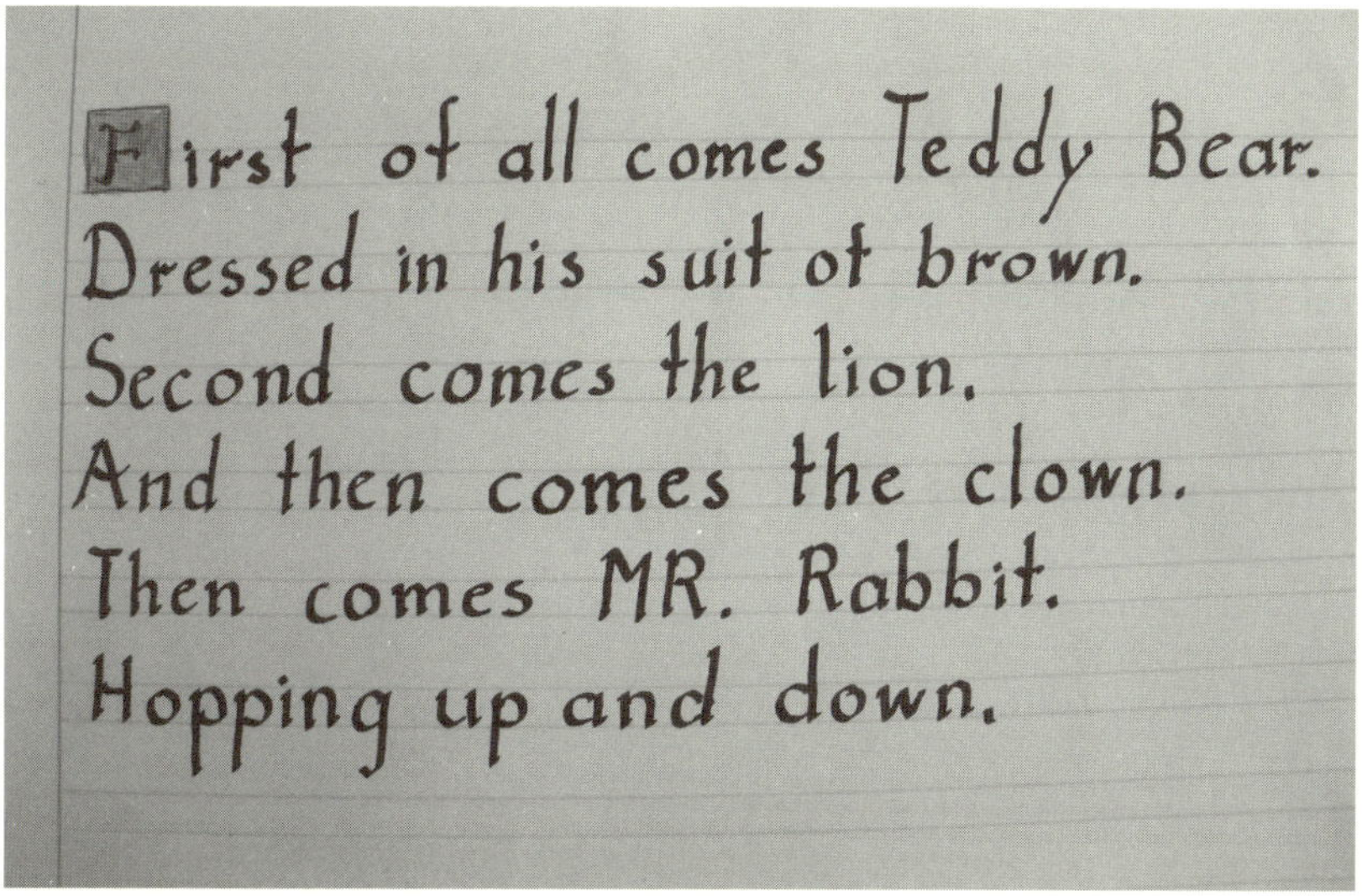
First of all comes Teddy Bear.
Dressed in his suit of brown.
Second comes the lion.
And then comes the clown.
Then comes MR. Rabbit.
Hopping up and down.

文集のなかの詩。文字の
デザインの練習に書いたもの

Stories from the year I was ten
Ruth Gannett
1934

10歳のときに書いた詩や
作文をまとめた文集の表紙。
デザインやレタリング（文
字のデザイン）を学んだの
で、それを使っている

いじ板、名札《なふだ》……そういったものをきれいに作る仕事。かざり文字の図案《ずあん》を考えたり、大きさをきちんと測《はか》って、板のまんなかに等しいかんかくで文字がならぶようにしたり。パソコンはないから、じょうぎで測《はか》って位置《いち》を決めて。そうすると、算数の割り算が必要だし、きれいでわかりやすいけいじ物にするために、わかりやすい文章の書き方も勉強するし。

かざり文字を調べているときには、ヒエログリフ（エジプトの象形文字《しょうけいもじ》）にたどりついたの。古代エジプトの文字のことを勉強すると、そのころの文化や生活のことも調べることになるし。生活のようすがわかってくると、次は古代エジプトの人たちが着ていた服を、自分たちで作って着てみたり。最後にはみんなで古代エジプト人になりきって、お芝居《しばい》をしたりね。学校に行くと、毎日むちゅうになることがたくさんあったの」

ルーシーの学校では、どの学年も、物語や詩を書くのを楽しんでいましたから、毎年文集を作りました。それを印刷《いんさつ》するのは、六年生の印刷屋《いんさつや》の仕事です。六年生は、学校の新聞やＰＴＡのお知らせ、出席簿《しゅっせきぼ》なども、活字を組んで印刷《いんさつ》しました。

——子どもたちでお店を経営《けいえい》するなんて、問題なくできるのかしら？

Hoot Owls

The old bell tower chimes ten o'clock and there is a faint sound of moving. It gets louder and louder. Every now and then the twitter and the sound of wings. Suddenly four or five hoot owls come swooping out over the meadow. One darts down almost touching the ground - and comes up with something squirming in its claws.

Ruth Gannett

６年生が印刷した文集の１ページ

「問題は、しょっちゅうよ。売り上げ金の計算が合わなかったときには、みんなで思いつくかぎりのことをしたわ。

店に残っている品物の数やお金に数えまちがいはないか、ノートの記録《きろく》にまちがいはないか、どこかにお金を落としていないか……。夕方になっても、だれも帰ろうとしないの。

すべてのことを、ひとつひとつ確認《かくにん》して、とうとう計算とお金がぴったり合ったときには、みんなで飛《と》びあがってよろこんだわ。最後《さいご》まできちんとやりとげることは、とても気持ちがいいって、身をもって知ったしゅんかんだった」

子どもたちは、仕事を通して、歴史《れきし》や計算ばかりか、責任《せきにん》とか、協力《きょうりょく》とか、言葉《ことば》で説明《せつめい》されてもわかりにくいことを、体で覚《おぼ》えていったのです。

いたずら

――学校には、どんなふうにして通っていたんですか？

「うんと小さいころは、母につれていってもらったり……。小学生になってからは、マイケルと歩いて通ったの」

小学校にあがってまもないある朝、ルーシーは早めにしたくを終えて、げんかんでマイケルを待っていました。

「ふと見たら、げんかんのカギがはずれて、ドアがすこーし開いていたの。開いていたら……表に出てみようと思うじゃない？　そーっと外に出たら、『そうだ、このまま、ひとりでさきに行ってマイケルを待ちぶせしよう！』って思ったの」

ルーシーは、音を立てずに表に出ると、マイケルに追いつかれないようにどんどん歩いていきました。

とちゅうには、大きな交差点《こうさてん》があります。まだ、ひとりでわたったことはありません。うまくわたれるかしらと思っていたら、知らないおばさんが、手をつないでいっしょにわたってくれました。あるビルのまえを通りかかると、地下におりる階段《かいだん》が目にとまったので、その階段《かいだん》を二、三段《だん》おりたところに身をひそめて、マイケルを待ちました。

ところが、マイケルはなかなか来ません。いつまでたっても来ません。

しばらくすると、ルーシーの名前を呼《よ》ぶ男の人の声が聞こえてきました。

地上に頭を出してのぞいてみると、こっちへ歩いてくるおまわりさんと目が合いました。おまわりさんは、ルーシーに近づいてきていいました。

「きみは、ルーシー・ガネットさんかい?」

ルーシーがうなずくと、おまわりさんは、「お母さんがさがしているから、いっしょに家に帰るよ」といいました。ルーシーの姿《すがた》が消えてしまったので、お母さんは、あわてて警察《けいさつ》に電話したのです。

——さすがにそのときは、しかられたでしょう？

「覚《おぼ》えていないから、きっといつもと同じように、静《しず》かに話してきかされただけじゃなかったかしら。だけど、おまわりさんを呼《よ》ぶなんて、母はさぞかし心配したんだろうと思ったの。こんなことは、もう、ぜったいに、二度としないって、心に固くちかったことは、はっきりと覚《おぼ》えているわ」

——帰りもマイケルといっしょですか？

「帰りは時間が違《ちが》うから、ルシールがむかえにきてくれたこともあったわね。でも、わりと早い時期から、ひとりで帰っていたわ」

——帰ったらおやつかしら？　そのころの子どもたちは、どんなおかしを食べたんですか？

「むかしは、今みたいにいろいろなおかしはなかったのよ。家で作るクッキーやゼリーのほかに、子どもたちが食べるおかしといったら、キャンディーやマシュマロや……ガムくらい。でも、ガムは町をよごすもとだからって、母は買ってく

10 歳のとき

れなかったけど」

ニューヨークは、地下鉄が発達《はったつ》した大都会です。通りのそこここに、地下におりる階段《かいだん》があって、地下通路でつながっています。ひとりで帰るようになったルーシーは、ところどころで、この地下通路におりて帰ることを覚《おぼ》えました。

地下通路にある地下鉄の改札口《かいさつぐち》のわきには、粒《つぶ》ガムの自動販売機《じどうはんばいき》がありました。地下鉄の利用客《りようきゃく》たちは、よく、販売機《はんばいき》でガムを買い、ひとつ口に入れてから地下鉄に乗りました。そして地下鉄をおりて地上に出ると、そこで口からガムをはきだしました。ですから、そのころの地下通路の入り口付近の地面は、ガムがくっついて黒くなり、ひどくよごれていました。それでルーシーのお母さんは、ガムは町をよごすといったのです。

——じゃあ、子どものときに、ガムを食べたことはないんですか？

「たまに食べたわ。地下通路にあったガムの販売機《はんばいき》は、お金を入れると粒《つぶ》ガムが二個《こ》出てくる仕組みなんだけど、たまに一個《こ》取りわすれる人がいるのよ。取り出し口に手を入れると、ガムが一個《こ》残《のこ》っていることがあるの。それを発見してからは、販売機《はんばいき》のまえを通るときには、取り出し口に手を入れるようになったの。それでガムが残《のこ》っていたら、食べちゃうの」

ガネットさんは、いいことを思いついた小学生のように、ちょっと、とくいそうです。

「ダメっていわれたら、よけいに食べたくなるものね。でも、いつでも取り出し口にガムが残《のこ》っているわけではないし、子どものころは、思うぞんぶん、ガムを食べてみたいって思っていたの。だから『エルマーのぼうけん』を書いたとき、エルマーにはガムをたくさん持たせてあげたのよ」

そういって、ガネットさんはにっこりわらいました。

――ほかにも、買ってもらえなかったものや、禁止《きんし》されていたことはありましたか？

「マイケルがジャックナイフを持っていたんだけど、わたしは、さわってはいけ

10歳のとき。マイケルと

ないことになっていたの。手を切るといけないから。

でもあるとき、そのナイフが洗面所《せんめんじょ》に置《お》きわすれてあってね。さわっちゃいけないっていわれれば、さわりたくなるでしょう？　さっそく手に取って、ふたつに折《お》りたたんであるナイフを開こうとしたら、すぐに指を切ってね。自分でばんそうこうをはって、母には、『学校でお料理《りょうり》の時間に切っちゃった』ってうそをついたの。

でも、きずにばい菌《きん》がはいって、ズキズキしてきて、母に手当てしてもらうことになったから、ばれちゃった」

——そのときもお母さんにはしかられなかった？

「はっきりとは覚《おぼ》えていないけど、しかられなかったと思うわ。でも、あれだけ痛《いた》い思《おも》いをしたら、おこられなくても、もうやらないようにしようって思うわよ」

考えて考えて

――小学校時代のことも、たくさん覚《おぼ》えているんですね。

「三年生のときに、初《はじ》めて転校生が入ってきたの。ボビーという男の子。そうしたら、まもなく、クラスの子の持ち物がなくなりだしたの」

ルーシーの学校は、各学年にクラスがひとつしかありませんでした。二歳《さい》か三歳《さい》のころから、十数人の子どもたちは、ずっと同じクラスで成長《せいちょう》していきます。だからクラスメートは、友だちというより、家族のようでした。そういうクラスで物がなくなるなんて、初《はじ》めてのことでしたから、みんなは、ボビーのしわざに違《ちが》いないと確信《かくしん》していました。

――それで、どうしたんですか？

「何人かの子どもたちが先生に報告《ほうこく》したの。でも先生は、どうすればいいか教えてくれなかった。『みんなで考えてみて』っていって。

何日か、みんなで考えたわ。ボビーのようすを監視《かんし》してみようかとか、ボビーに注意しようかとか……、でも、そんなことしたらボビーをきずつけてしまうんじゃないかって心配したり。

そのうち、ある子がいったの。『ボビーは、まだクラスに親友がいないから、さびしいんじゃない？　みんなの気をひこうとしているのかもしれないよ』って。

それを聞いて、ほかの子も、『ボビーは、クラスのみんなのことを、まだ、仲《なか》間《ま》と思っていないんだね、きっと。だから、ぬすんだりできるんだよ』って」


たしかに、ボビー以外《いがい》は、家族のように、おたがいのことをよくわかっている仲間《なかま》たちです。いちいち細かなことを口に出したり、だれかが号令《ごうれい》をかけたりしなくても、みんな、次に何をするのか、だれがするのか、あたりまえのようにわかっていました。役割分担《やくわりぶんたん》も自然《しぜん》に決まりました。

そんなところへ、あとからひとりで入ってきたら、いったい次に何をしたらいいのか、みんなは何をしようとしているのか、さぞかし、とまどったことでしょう。みんなは、そういうことに気づかずにいたのです。

――でも、そうかんたんに、家族のようにはなれないでしょう?

「だからそうだんして、これからは何をするときも、まっさきにボビーに声をかけようって決めたの。何を決めるときでも、ボビーはどう思っているのか聞いてからって。そうしたら……」

ガネットさんは、「わかるでしょう?」というような顔をして続《つづ》けました。

「物がなくならなくなったの。

毎日考えることが山ほどあったけど、それが楽しかったわ。わたしたちが考えているあいだ、先生はしんぼうづよく待っていてくれたし」

――エルマー少年みたいに、自分で考えて行動する子どもがたくさんいたんですね。もしかして、その学校のスーパーヒーローが、エルマーのモデルだったとか?

「スーパーヒーローなんていないわよ。小さいときから、ずっといっしょに過《す》ごしてきたから、カッコつけたってばれちゃうし。『どんなことでも、ぜんぶ、かんぺきにできる人』なんていないって、みんな思っていたわ。そのかわり、どんな子にも、何かしら得意《とくい》なことがあるっていうこともわかっていたから、全員にヒーローになる順番《じゅんばん》がまわってきたの」

お父さんの再婚《さいこん》

ルーシーが小学生のころ、お父さんは雑誌社《ざっししゃ》をやめて、新聞社で働《はたら》いていました。

お父さんが担当《たんとう》したのは書評欄《しょひょうらん》（本のしょうかいや批評《ひひょう》をする記事）で、記事を書くために、作家や、ルーズベルト大統領夫人《だいとうりょうふじん》といった、本を書いた有名人に会いにいくことがありました。

そんなとき、ルーシーをいっしょにつれていくこともありました。

――どんな人たちに会いましたか？

「作家が多かったわね。ヘレン・ケラー※にも会ったことがあるのよ。でも、子どものわたしには、どんな有名人に会えるかよりも、たずねていく家に、犬や子どもがいるかどうかのほうが大事で、そればかり父に聞いていたわ。待っているあいだ、遊ぶ相手がいないとたいくつだから」

お父さんは、絵本『100まんびきのねこ』の作者、ワンダ・ガアグとは、とくになかよしで、ルーシーも何度か会っています。別荘《べっそう》にもときどき遊びにきました。ルーシーが語るお話を、ガアグが書きとめ、さし絵をつけたこともあります。クリスマスにプレゼントをくれたこともありました。

「だからわたしは、父はワンダ・ガアグと結婚《けっこん》するんだと思っていたの。ところが、じっさいに結婚《けっこん》したのは、ガアグの友だちのほうだったの」

お父さんの再婚《さいこん》した相手は、ルーシーと同じ、「ルース」という名前で、ガアグのように絵を描《か》く仕事をしていました。ルーシーは、そのとき八歳《さい》でした。お父さんが再婚《さいこん》しても、ルーシーたちは、これまでどおり、一週間《いっしゅうかん》おきに週末《しゅうまつ》をお父さんのところで過《す》ごし、夏休みも、半分はお父さんと旅行したりしました。そのときは、新しいお継母《かあ》さんもいっしょです。

――新しいお継母《かあ》さんとは、すぐに仲良《なかよ》くなりましたか？

「ええ。わたしは、ほんとうに運のいい子どもだったと思うわ。父が再婚《さいこん》したおかげで、わたしを愛《あい》してくれるおとなが、またひとりふえたんですもの」

ルーシーの家では、両親が離婚《りこん》しても、クリスマスはできるだけみんなでそろって過《す》ごそう、と決めていました。でもお父さんが再婚《さいこん》してからは、みんなで集まることはなくなりました。お父さんは、クリスマスの日には、ルーシーの家に立ちより、あいさつだけして帰ります。

十一歳《さい》のときのクリスマスも、お父さんはあいさつにやってきました。兄マイケルは、友だちと旅行に出ていて、家にいたのはルーシーとお母さんだけでした。ふたりはちょうど、ジグソーパズルをしているところでした。それを見たお父さんは、「どれどれ」と家のなかに入ってきて、ジグソーパズルのテーブルに着きました。実は、お父さんはジグソーパズルがだいすきなのです。パズルは簡単《かんたん》に終わるものではありません。時間はどんどん過《す》ぎていきます。

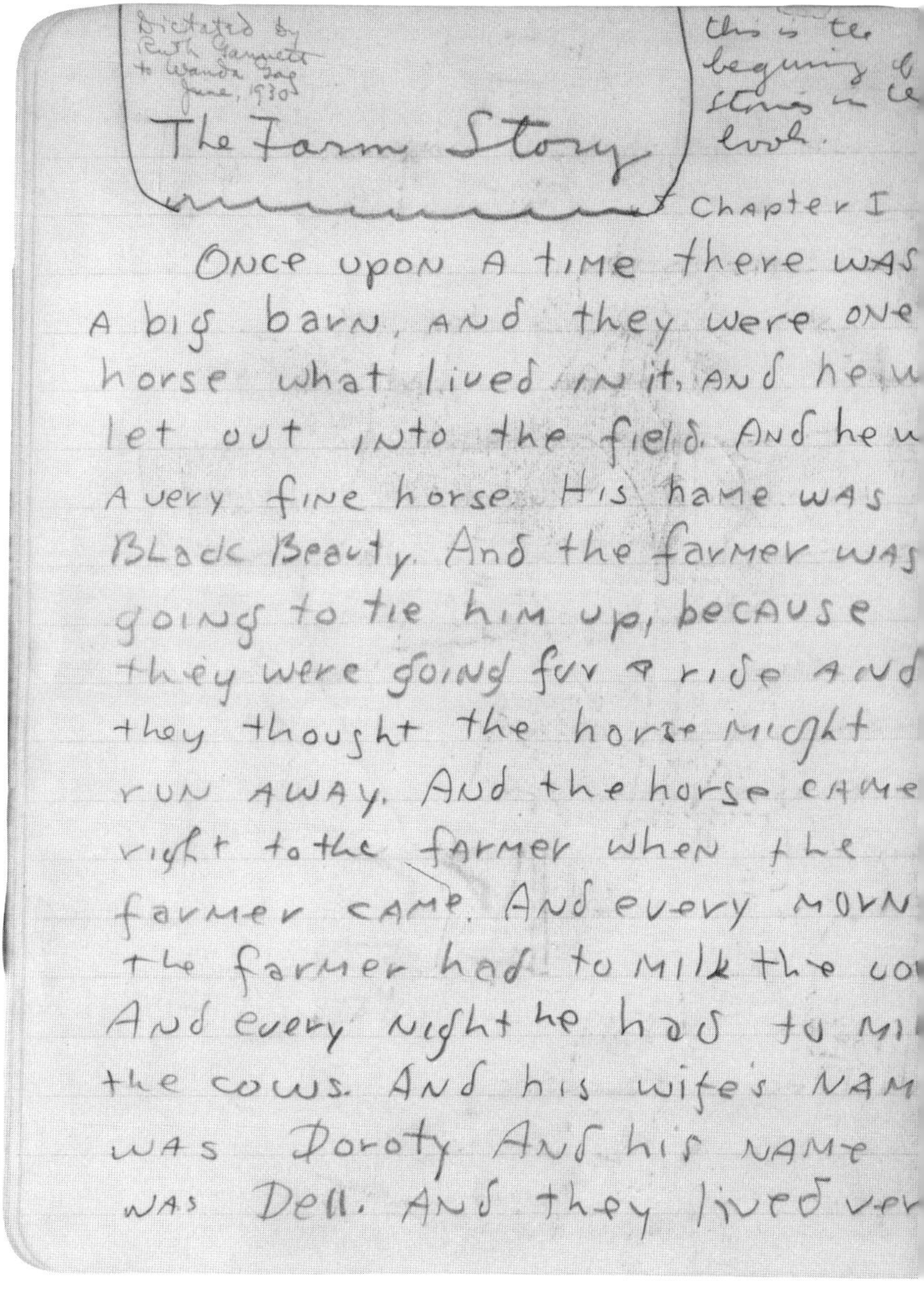
Dictated by
Ruth Gannett
to Wanda Gag
June, 1930

this is the
begining of
stories in the
book.

The Farm Story

Chapter I

Once upon a time there was
a big barn, and they were one
horse what lived in it, and he w
let out into the field. And he w
a very fine horse. His name was
Black Beauty. And the farmer was
going to tie him up, because
they were going for a ride and
they thought the horse might
run away. And the horse came
right to the farmer when the
farmer came. And every morn
the farmer had to milk the co
And every night he had to mi
the cows. And his wife's nam
was Doroty And his name
was Dell. And they lived ver

1930年６月、ルーシーが話した物語をワンダ・ガアグが書きとって絵をつけたもの。

これは、ある農夫の物語

ルーシーは、だいすきなお父さんといっしょに過《す》ごせるのが、うれしくてたまりません。

「三人でテーブルをかこんで、深夜までパズルをしたの。わたしは、父がパズルにむちゅうになっているのを横目で見ながら、『もうちょっと。もうちょっと。このままお継母《かあ》さんのことを思いださないでいっしょにいて』って心のなかで祈《いの》っていたわ。でも、頭のかたすみでは、家でひとりで待っているお継母《かあ》さんのことも、ずっと考えてた。

パズルが完成《かんせい》したのは、すっかり夜もふけてからで、その日、父は、離婚《りこん》のあと初《はじ》めて、うちにとまって帰ったの。思いもかけない、すてきなクリスマスだった。

けっきょくあの晩《ばん》が、父と母とわたし、三人だけで過《す》ごした、最初《さいしょ》で最後《さいご》だったわね」

今、ふと、二〇一三年のクリスマスに、ガネットさんの家をたずねたときのことを思いだしました。クリスマス休暇《きゅうか》で遊びにきていた娘《むすめ》たちも帰り、しんと静《しず》かになった家で、ガネットさんとわたしは、夜ふけまでジグソーパズルをして過《す》ごしました。

※ヘレン・ケラー（一八八〇—一九六八）
二歳《さい》のときに病気で高熱《こうねつ》を出して、視力《しりょく》・聴力《ちょうりょく》を失い話すことができなくなったが、七歳《さい》のときに指文字を習い言葉《ことば》を覚《おぼ》える。おとなになってからは障害者《しょうがいしゃ》のくらしをよくするためにつくした。

こびと村

――学校の外では、どんなことをしていましたか？

「わたしが家族のなかでいちばんさきに家に帰ったときは、新聞のマンガを読んだり、パズルをしたりして時間を過《す》ごしたわね。小さいころは、新聞のマンガの意味がよくわからなかったから、マイケルが帰るのを待って、『これ、どこがおもしろいの？』ってきいて、説明《せつめい》してもらったの。マイケルもマンガを楽しみに帰ってくるのに、『ルーシーに説明《せつめい》してたら、せっかくおもしろいマンガもおもしろくなくなっちゃうよ』ってぼやいてた」

――ほかには？

「お話作りは最高《さいこう》の楽しみだったわね。母が仕事から帰ると、書いたお話を読んで聞かせたの」

――お友だちとはどんなことをしましたか？

「小学校三年のときに、学校でノコギリやカナヅチの使い方を教わって、家具を作ったのね。それがとてもおもしろくて。大工仕事をもっとやりたくなって、友だちと『こびと村』を作ったの」

ある週末《しゅうまつ》、ルーシーは学校の友だちふたりをさそって、お父さんに車で別荘《べっそう》につれていってもらいました。別荘《べっそう》の納屋《なや》には、廃材《はいざい》（不用《ふよう》の材木《ざいもく》やネジなどの材料《ざいりょう》）がありました。そこでルーシーたちは、家具作りで習ったことを生かして、小さな家を作ってみることにしたのです。屋根や窓《まど》、とびらは、どこにどうやってつけるか……そんなことを三人で考えながら、ノコギリで板や木切れを切りそろえ、クギを打ちます。

それからは、週末《しゅうまつ》になると、友だちと別荘《べっそう》に行って、小さな家作りにとりかかりました。

何日かかけて家が完成すると、「次は小さな学校を建《た》てよう」というぐあいに、建物《たてもの》が増えていきました。教会、ゆうびん局、ざっか屋……と、納屋《なや》のなかは小さな村のようになっていきます。ルーシーたちは、納屋《なや》のなかを「こびと村」と

別荘の納屋のなかにつくったこびと村の家で

名付けました。毎週、週末《しゅうまつ》を待って友だちと別荘《べっそう》につれていってもらうと、食事の時間以外は、朝から夕方まで納屋《なや》で大工仕事をしました。

――ずいぶんたくさんの物を作りましたね。

「今思えば、あれは父のさくりゃくだったのかもしれないわね。友だちと別荘《べっそう》につれていけば、子どもたちは、一日じゅう、納《な》屋《や》にこもりっきりでしょう？
たまにケガをしてバンドエイド

をもらいにくるくらい。食事さえ作れば、子どもにじゃまされずにすむんだもの」

こびと村作りはよほど楽しかったに違《ちが》いありません。だって、今のガネットさんの家の納屋《なや》にも、こびと村があるのです。時間ができると、ひとり、納屋《なや》に入って、小さな建物《たてもの》を作るのだそうです。

ひとりの旅　船の旅

――四か月もある長い夏休みは、どんなふうに過《す》ごしましたか？

「毎年、何週間かは、子どもたちだけの合宿に参加《さんか》して……。あとは、旅行につれていってもらったり。十歳《さい》の夏には、初《はじ》めてひとりで汽車に乗って、祖母のところへ行ったわ」

その年は、シカゴで万国博覧会《ばんこくはくらんかい》が開かれていて、ニューヨーク州バッファローに住む母方のおばあさんが、ルーシーをつれていってくれることになったのです。それでルーシーは、バッファローまでひとりで行くことになりました。十時間はかかる長旅です。

駅でルーシーのとうちゃくを待っていたおばあさんは、「長い時間、よくひとりでがんばったわねえ」とほめてくれました。

ルーシーは、「ひとりじゃなかったよ。おとながたくさん乗っていたもの」と

シカゴ万博のあとに立ち寄った母方の祖母（左）の家のまえで

答えました。

——ひとりで十時間も汽車に乗るなんて、心細くなかったですか？

「それはなかったわ。あのときは、汽車に乗ると、すぐにまわりのおとなたちとおしゃべりを始めて、そのあとはトランプをしたりして過《す》ごしたの。汽車の乗客全員が、自分の仲間《なかま》のような気分でいたのよ」

——船で長旅をしたこともあるそうですね。

「十一歳《さい》のとき、母が、マイケルとマイケルの友だちとわたしを、十週間の船旅《ふなたび》につれていってくれたの。乗客は三十人。乗客も乗組員も、すぐに顔見知りになるような、小さな船でね」

船はニューヨークの港を出て、マルタ、トルコ、ルーマニアの港町コンスタンツァ、エーゲ海に浮《う》かぶクレタ島、シチリア、カサブランカ、アルジェリアなどを回りました。アテネでは、今は立《た》ち入《い》り禁止《きんし》になっている神殿《しんでん》で、かくれんぼをして遊びました。

立ちよった港町で、乗客たちが観光《かんこう》やショッピングを楽しんでいるあいだに、乗組員たちは、食料品など、足りなくなった品物を船に積《つ》みこみます。

この旅行ちゅう、ルーシーは船の上で十一歳《さい》のたんじょう日をむかえました。

——何かプレゼントはもらいましたか？

「たんじょう日には、一日、すきなだけジンジャーエールを飲んで、すきなだけ夜ふかししていいって、母がやくそくしてくれたの」

——よかったですね！

「ところが船に積《つ》んであったジンジャーエールは、たんじょう日までに飲みつくされていたの」

——あら……。

「夜になって甲板《かんぱん》を歩き回ったけど、その日にかぎって、だれもいないのよ。甲《かん》板《ぱん》を三周《しゅう》しても、ひとりも会わなかったの。乗客も乗組員も、早くねてしまったのかしらね。それで、しかたがないから、そのまま部屋《へや》にもどって、ねたわ」

けっきょく、いつもと何ひとつ変《か》わらないたんじょう日でした。

ルーシー　ハイスクールへ行く

初《はじ》めての寮生活《りょうせいかつ》

シティー・アンド・カントリースクールの卒業《そつぎょう》を一年後にひかえたある日、ルーシーのお母さんは新しい仕事につくことになりました。アメリカの年金制度《ねんきんせいど》を準備《じゅんび》する責任重大《せきにんじゅうだい》な仕事で、ワシントンにひっこさなければなりません。お兄さんのマイケルは、すでに三年まえにペンシルベニア州にあるジョージ・スクールという四年制《ねんせい》のハイスクール（日本の中学三年から高校三年が通う）に入学して、寮《りょう》でくらしていました。

このままでは、ニューヨークの家はルーシーひとりになってしまいます。

そこでお母さんは、ジョージ・スクールにたのんで、ルーシーをとくべつに一年早く入学させてもらい、ルーシーも学校の寮《りょう》で生活させることにしました。

ハイスクールのとき。母と出かけたペコス牧場で買ったカウボーイの服を身につけたルーシー

15歳。母と撮影したパスポート用の写真

――あと一年でシティー・アンド・カントリースクールを卒業《そつぎょう》、というときにですか？

「そうなの。もちろん、学校に残《のこ》って、みんなといっしょに卒業《そつぎょう》できたらよかったけど、母の話を聞いて、次の仕事が、母にとってどれほどだいじかわかったから、しかたないと思ったの」

お母さんは、いつも、子どもたちの話や主張《しゅちょう》に耳をかたむけてきました。そしてできるかぎり、子どもたちの考えを尊重《そんちょう》してきました。ルーシーも同じように、お母さんの話をよく聞いて、その志《こころざし》を尊重《そんちょう》したのです。

――十三歳《さい》になってすぐ、家族とはなれて寮生活《りょうせいかつ》を始めたなんて、ホームシックにかかりませんでしたか？

「自分と同い年の人がほかにもいて、すぐに友だちができたから。それに、母はワシントンへ行くときに、それまで住んでいたニューヨークの家を、売ってしまったの。だから、帰る家はなかったのよ。母は、ワシントンでは、ほかの女性《じょせい》と一軒家《いっけんや》を借《か》りてくらしていたから、そこは『我《わ》が家《や》』という感じではなかったし。自分の『家』はこの寮《りょう》しかないっていう気持ちだったの。ふつうの『家庭』での生活は、十三歳《さい》で終わり。

ジョージ・スクールの寮《りょう》は、校舎と同じ広いキャンパスのなかにあって、安全だけど、外の世界からはすっかり切りはなされた生活だった」

——ルシールともお別《わか》れですね。

「でも、会いたくなったら、いつでも会いにいけばいいと考えることにしたの。じっさいに会いにいったこともあるのよ。わたしにとっては、もうひとりのお母さんですもの。ジョージ・スクールを卒業《そつぎょう》するときも、卒業式《そつぎょうしき》に来てもらったの」

ハイスクールには、ほかにも一年早く入学した同級生が数名いました。まだまだ子どものような彼女《かのじょ》たちは、毎日が修学旅行《しゅうがくりょこう》のように、寮生活《りょうせいかつ》を楽しみました。

週末《しゅうまつ》には、友だちの家に、とまりがけで遊びにいくこともありました。

――お友だちの家に行って、印象的《いんしょうてき》だったことはありますか？

「ある友だちの家では、カナリヤを飼《か》っていたの。友だちがピアノをひきはじめると、カナリヤがピアノの音と競《きそ》うかのように声をはりあげて歌いだすの。その子は、うるさいって、とてもいやがってね。

よく朝、朝食のテーブルについたら、友だちは鳥かごからカナリヤを出したの。カナリヤは、部屋のなかを少し飛《と》んで、窓《まど》のさんに止まって。窓《まど》が開いていたから、まずいって思ったんだけど、友だちを見たら、平気な顔してるのね。そしたら次のしゅんかん、カナリヤは外へ飛《と》んでいってしまったの。それなのに友だちは、ちらっとわたしのことを見ただけで、何ごともなかったかのように食事を続《つづ》けたの。

なんだかカナリヤがかわいそうでねえ。あのカナリヤはどこへ行くんだろう、これからどうやって生きていくんだろうって思ってね。逃《に》げたカナリヤたちが楽しくらせる『カナリヤ島』っていうのがあったらいいのにって思ったの」

――カナリヤ島って、『エルマーとりゅう』に出てきましたね。

「ええ、そうなのよ。エルマーのお話は、子どものときの思い出で作られているようなものなの」

社会のために

親元をはなれたルーシーは、それまで以上《いじょう》に、世の中のできごとに関心《かんしん》を持つようになりました。不当だと思うことには、ひるまずに声をあげました。それは、両親がやってきたのと同じことでした。

自分のハイスクールに、白人の生徒しかいないのはおかしいと、友だちとふたりで、学校に黒人生徒《こくじんせいと》の入学をみとめるように働《はたら》きかけたこともあります。学校に白人しかいないのは、ジョージ・スクールにかぎったことではありません。そのころは、たいてい、白人のための学校、黒人のための学校、と分けられていたのです。

ルーシーたちの働《はたら》きで、学校は黒人の入学をみとめることになりました。でも、ルーシーの在学中に入学した黒人生徒《こくじんせいと》は、学校で働《はたら》く黒人のそうじ作業員の息子《むすこ》さん、ひとりだけだったそうです。

十五歳《さい》（八月のたんじょう日で十六歳《さい》）の夏休みには、まずしい家庭の子ども

15歳。ボランティアの仲間と

たちが参加《さんか》する合宿に、最年少《さいねんしょう》ボランティアとして参加《さんか》しました。ルーシーが任《まか》されたのは、子どもたちの工作や手芸の指導《しどう》と、運動場での世話役《せわやく》です。夜には、ほかのスタッフと、その日の反省会《はんせいかい》や次の日の計画を話し合います。いそがしいけれど、ほかにも若《わか》いボランティアの人たちがいて、刺激的《しげきてき》で充実《じゅうじつ》した毎日でした。

ここでルーシーは、それまでに出会ったことのない子どもたちに会い、経験《けいけん》したことのない経験《けいけん》をしました。

合宿にやってくるのは、ほとんどが黒人の子どもたちです。ヨーロッパから来た移民《いみん》の子どもたちも少しいました。

――どんな子どもたちでしたか？

「工作の時間に、子どもたちがおしゃべりしているのを聞いて、みんな、ふだんは学校にもなかなか行けないまま、くつみがきなどの仕事をして、家族の生活を支《ささ》えていると知ったの。

おこづかいかせぎではなくて、生きるために働《はたら》いている子どもたちが、こんなにいるなんて、知らなかった」

子ども同士の差《さ》別《べつ》も、目《ま》の当《あ》たりにしました。女の子たちをプールにつれていくことになったとき、ヨーロッパ移《い》民《みん》の白人の女の子たちは、黒人の女の子たちと同じプールに入るのはいやだといったのです。そのころは、移《い》民《みん》も黒人も差《さ》別《べつ》をされていましたが、差《さ》別《べつ》をされる人たちのあいだでも、さらにまた、差《さ》別《べつ》がありました。

――それで、どうしたんですか?

「みんなにいったの。プールに行きたい人は、全員、いっしょに行きます。それがいやな人は、行く必《ひつ》要《よう》はありませんって。それで、白人の子たちも、しぶしぶついてきたの。

プールに入ったことのある子はひとりもいなくて、わたしがみんなに泳ぎを教えたのよ。そうしたら、みんなむちゅうになってしまって。肌《はだ》の色の違《ちが》いなんて、あっというまに頭から消えたようだったわ。子どもは、おとなが差別《さべつ》するのを見て、まねしているのよ」

おとながする差別《さべつ》――。ルーシーは、このキャンプで、まわりのおとなの差別《さべつ》も経験《けいけん》しました。

子どもたちを公園で遊ばせていたときのことです。ブランコは人気で、長い行列ができました。ある子がブランコを思いきりこいだときに、ならんでいた五歳《さい》くらいの黒人の男の子をつきとばしてしまいました。男の子は、コンクリートの地面で頭を打って血を流し、大きな声で泣《な》きだしました。けれど、まわりにいたおとなたちは、だれも助けようとしません。

ルーシーは、ひとりで男の子を助けおこすと、そのままだきかかえて病院に走りました。

――十五歳《さい》の少女（ルーシー）が五歳《さい》の男の子をかかえて病院まで行くって、体《たい》力的《りょくてき》にかなりたいへんですね。とちゅうで、だれか手伝《てつだ》ってくれるようなおとなは、いなかったんですか？

「（ガネットさんは、だまって首を横にふりました。）どうにか病院に着いて、手当てをしてもらっていたら、その子の父親がかけつけてきたの。泣《な》いている男の子を見るなり、『泣《な》くな！』ってどなりつけたら、男の子はぴたりと泣《な》くのをやめたわ」

――つきとばされて、けがをしている子に、いきなりどならなくても……。

「子どもの身を守るためには、しかたなかったんでしょう」

当時は、黒人をいやがる白人がたくさんいました。病院とか表通りとか、公《こう》共《きょう》の場所で、黒人が目についたり、気にさわるようなことをしたりすると、白人たちにどんな危《き》険《けん》ないやがらせをされるか、わからない時代だったのです。

ルーシーが母親のように愛《あい》し、慕《した》っていたルシールと、同じ肌《はだ》の色をした人々が、社会でひどいあつかいをうけているのを目《ま》の当《あ》たりにした少女時代。ルーシーはきっと、きずつき、いきどおっていたに違《ちが》いありません。

ルーシー　大学へ行く

冒険旅行《ぼうけんりょこう》

ハイスクールを卒業《そつぎょう》したルーシーは、一九四〇年九月、十七歳《さい》で、名門女子大学、ヴァッサー・カレッジに入学します。お母さんも、お母さんのお母さん（ルーシーのおばあさん）も、ヴァッサーの卒業生《そつぎょうせい》です。

大学に入る直前の夏休み（アメリカでは、新学期は九月に始まります）、お母さんは、ルーシーと兄のマイケルを旅行にさそいます。三人は、汽車で観光用《かんこうよう》の牧場《ぼくじょう》、キャタルーチ牧場《ぼくじょう》に行きました。そこには宿泊用《しゅくはくよう》のロッジ（山小屋ふうのホテル）があり、自然を楽しんだり、乗馬をしたりして過《す》ごすことができます。

――いいですねえ、家族そろってのんびりと……。

大学生のころ

「その牧場《ぼくじょう》で、マイケルと乗馬ツアーに参加《さんか》したの。リーダーのあとについて、みんなで馬に乗って山を登って、尾根《おね》づたいに散策《さんさく》して、ゆっくりと景色《けしき》を楽しむ……はずだったの。それが大冒険《だいぼうけん》になってしまって」

そういうと、ガネットさんは、いたずらっぽくわらいました。

尾根《おね》を歩いているときに、雷《かみなり》が鳴りだしたのです。馬に乗って尾根《おね》を歩くと、雷《かみなり》が落ちやすくとても危険《きけん》です。リーダーは、すぐに「引き返すぞ」と声をかけ、グループの先頭に立ってロッジを目指《めざ》しました。

――馬は、小石につまずくこともあるし、いそいで下山するのは怖《こわ》いですね。

「雨もふってきてね。マイケルもわたしも、馬で山に入るのは初《はじ》めてで、グループからどんどんおくれていったの。そのうちけむるような雨になって、みんなとはぐれてしまったの」

みんなは、リーダーの先導《せんどう》で、来たときとは別《べつ》の近道を行きましたが、ルーシーたちはそうとは知らず、ひたすら来た道をもどっていきました。

そのとき、すぐ近くの木に雷《かみなり》が落ちました。体中にびりびりっと電気が走り、ルーシーたちは、馬もろとも地面にたおれたのです。

マイケルの馬はおどろいて飛《と》びおきると、自分で牧場《ぼくじょう》を目指《めざ》し、猛《もう》スピードで走っていってしまいました。

ルーシーの馬は、後《うし》ろ脚《あし》がたづなにひっかかって、地面に横にたおれたまま激《はげ》しくもがいています。このような状態《じょうたい》の馬に近づくのは、とても危険《きけん》なのですが、ルーシーとマイケルは、どうにか脚《あし》のたづなをはずしてやりました。

「そこからは、馬を引いて、ふたりで歩いて帰ったの。ロッジに着いたら、母が心配して待ってたわ。ほかの人たちは、近道のおかげで、何時間もまえにロッジにもどっていたんですって」

――けがはありませんでしたか？

「ふたりとも、かすりきずていど。マイケルは、よほどこりたみたいで、『ひどい目にあった、もう二度と馬で山になんか入らない』といっていたけれど、わたしは心のなかで『おもしろかった！　またやりたい！』って思っていたの。びっしょりぬれて、ぬかるんだ道に足をとられながら馬を引いて歩くなんて、映画《えいが》のなかの大冒険《だいぼうけん》のシーンみたいでしょう？　わくわくしたわ」

――たいへんなことになればなるほど、楽しんでるみたい！

「どうしても、もう一度この牧場《ぼくじょう》に来たくて、帰るときに牧場《ぼくじょう》の人にこっそりお願《ねが》いしたの。来年の夏、ここでアルバイトにやとってくださいって」

――ああ、ガネットさんって、ちっともこりないですね……。

クマを救《すく》え！

――それで、本当にその牧場《ぼくじょう》でアルバイトをしたんですか？

「もちろん。次の年（一九四一年）の夏休みに。

牧場《ぼくじょう》に着いたら、ロッジに届いている宿泊申し込みの手紙に、返事を書くようにいわれたの。いやな仕事だったわ」

――何がいやだったんですか？

「それがね、手紙の差出人《さしだしにん》の名前を見て、ユダヤ人だったら、宿泊を断《ことわ》るようにいわれたのよ。自分が差別《さべつ》をするなんて、ほんとうにショックで泣《な》きたくなったわ。かといって、牧場《ぼくじょう》まで来て、とつぜん仕事を断《ことわ》るわけにもいかないし。それで、ユダヤ人の名前に気がつかないふりをして、部屋《へや》が空いているかぎりみんな受け付けたの」


そのころ、ヨーロッパでは第二次世界大戦《だいにじせかいたいせん》が起きていました。ナチス・ドイツ

18歳。アルバイトをしていた牧場で

の迫害《はくがい》を逃《のが》れるために、アメリカには、ヨーロッパ各地《かくち》から、おおぜいのユダヤ人がやってきました。のちにガネットさんの夫《おっと》となるピーターも、そういうユダヤ人のひとりです。アメリカ人のなかには、あまりにたくさんのユダヤ人がやってくるので、やがてユダヤ人に、自分たちの仕事や住む場所までとられてしまうのではないか、と考える人も出てきました。そんな人たちは、ユダヤ人をうとましく思っていたのです。

予約《よやく》の仕事はあまりいそがしくなかったので、牧場《ぼくじょう》にいるあいだは、乳《ちち》しぼりを手伝《てつだ》ったり、ネズミを駆除《くじょ》するためのヘビをつかまえて、納屋《なや》に放《はな》つのを手伝《てつだ》ったりして過《す》ごしました。

その夏、牧場《ぼくじょう》の近くで人がクマにおそわれる事件《じけん》が起きて、牧場《ぼくじょう》の人たちは、林にクマのわなをしかけました。

——クマはつかまったんですか？

「それが、ねらっていたのとは違《ちが》うクマがかかってしまったの。近くに子グマがいたから、かかったのは母グマだったと思うんだけど、つかまったショックで呼《こ》吸《きゅう》が止まってしまってね。もう、かわいそうで、どうにか助けようと思って、クマに人工呼吸《じんこうこきゅう》をしたの」

——ええっ？　そんなあぶないこと……。

「そうしたら、『若い女性《じょせい》が、わなにかかったクマに人工呼吸《じんこうこきゅう》をしている』っていう話が、あっというまに牧場《ぼくじょう》じゅうに広がって、気づいたらまわりに人だかりができていたわ。

でもねえ、けっきょくクマは息を吹《ふ》きかえさなかったの」

そのときのことを思いだして、残念《ざんねん》そうにいうガネットさんでしたが、もし息を吹《ふ》きかえしていたら、ガネットさんは今ここにいなかったかもしれない、とわたしは思ったのでした。

戦争《せんそう》

十二月になると、アメリカの町は、クリスマスのイルミネーションがにぎやかです。なかでもニューヨークはとくべつで、毎年、たくさんの観光客《かんこうきゃく》が、イルミネーションを見にやってきます。

一九四一年十二月六日（土曜日）、大学二年生のルーシーは、友だちをさそって、ニューヨークのお父さんをとまりがけでたずねていました。

よく日の十二月七日（日本時間十二月八日）、日本軍《にほんぐん》が、ハワイのパールハーバーを爆撃《ばくげき》し、アメリカは日本との開戦《かいせん》を宣言して、太平洋戦争《たいへいようせんそう》が始まりました。

お父さんは、ルーシーたちにニューヨークの街《まち》を案内《あんない》しながら、「これからはガソリン代が値上《ねあ》がりするだろう」といいました。戦争《せんそう》のあいだは、大量《たいりょう》の石油が必要《ひつよう》になるから、毎日のくらしのなかでは、ガソリンも手に入りにくくなるだろうというのです。金属《きんぞく》も、戦闘機《せんとうき》や武器《ぶき》を作るのに最優先《さいゆうせん》で使われて、人々がほしい自動車や冷蔵庫《れいぞうこ》は後回しになるだろうと。

——戦争《せんそう》が始まって、どんな変化《へんか》がありましたか？

「年が明けて大学へ行ったら、父のいったとおり、ようすが変《か》わりはじめていたわ。

大学の食堂《しょくどう》や図書館、体育館、劇場《げきじょう》、電話交換室《でんわこうかんしつ》、キャンパスのそうじ……そういったところで働《はたら》いていた人たちは、軍事品《ぐんじひん》を作る工場にかりだされていったの。人手が足りなくなった大学で、学生が働《はたら》くことになって」

——じゃあ、授業《じゅぎょう》はなかったんですか？

「授業《じゅぎょう》はいつもどおり。アルバイトのように、学生が空き時間に働《はたら》いたの。最初《さいしょ》は、大学は学生に賃金《ちんぎん》を払《はら》っていたのよ。でも、学生はお金に困《こま》っていたわけではないから、大学の事務局《じむきょく》に話しにいったの。『お手伝《てつだ》いの学生にお金を払《はら》う必要《ひつよう》はないのではないでしょうか』って。そうしたら、新学期の始まる九月からは、学生の仕事はボランティアになったわ」

ルーシーは、学校にいくつもある寮《りょう》の管理《かんり》をする学生の手配を担当《たんとう》しました。一六七名の学生のうち、だれが、いつ、どこでどんな仕事を担当《たんとう》するのか、不公平にならないように分配し、その予定表を一六七人分作って配りました。そのころはコピー機《き》はありませんから、たいへんな仕事でした。

働《はたら》きざかりの若者《わかもの》たちが戦争《せんそう》に出てしまい、農家は人手が足りません。夏休みには、アメリカじゅうの大学生たちが、農家を手伝《てつだ》うボランティア活動《かつどう》に参加《さんか》しました。ルーシーも、バーモント州カッティングビルの農場で働《はたら》きました。

「家族みんなに教えられて」（ルーシーが当時雑誌《ざつし》によせた体験談《たいけんだん》）

わたしは農場に配属《はいぞく》されました。乳牛《にゅうぎゅう》が二十五頭いて、ほとんどの時間は乳《ち》しぼりをしていました。ほかに、雄牛《おうし》が二頭に、若《わか》い牛が十五頭、役馬《えきば》三頭、ニワトリ、ヒヨコがいました。アダムズさんは二百エーカーの土地を所有していて、トウモロコシ畑が七つ、麦畑がひとつあります。サトウキビ畑もあり、この収穫《しゅうかく》がいちばんたいへんだそうですが、これは早春に行われます。

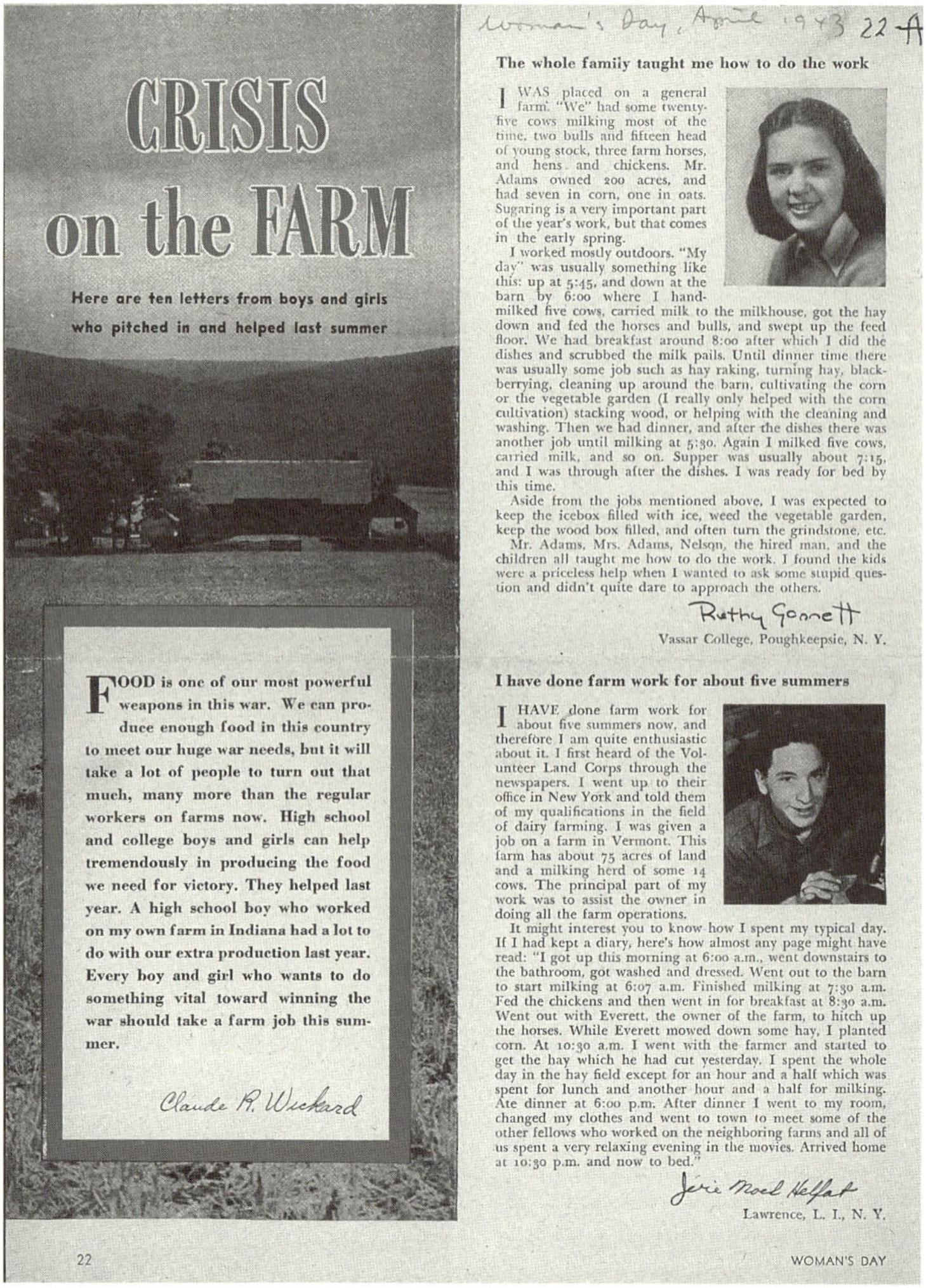

Woman's Day, April 1943 22-A

CRISIS on the FARM

Here are ten letters from boys and girls who pitched in and helped last summer

FOOD is one of our most powerful weapons in this war. We can produce enough food in this country to meet our huge war needs, but it will take a lot of people to turn out that much, many more than the regular workers on farms now. High school and college boys and girls can help tremendously in producing the food we need for victory. They helped last year. A high school boy who worked on my own farm in Indiana had a lot to do with our extra production last year. Every boy and girl who wants to do something vital toward winning the war should take a farm job this summer.

Claude R. Wickard

The whole family taught me how to do the work

I WAS placed on a general farm. "We" had some twenty-five cows milking most of the time, two bulls and fifteen head of young stock, three farm horses, and hens and chickens. Mr. Adams owned 200 acres, and had seven in corn, one in oats. Sugaring is a very important part of the year's work, but that comes in the early spring.

I worked mostly outdoors. "My day" was usually something like this: up at 5:45, and down at the barn by 6:00 where I hand-milked five cows, carried milk to the milkhouse, got the hay down and fed the horses and bulls, and swept up the feed floor. We had breakfast around 8:00 after which I did the dishes and scrubbed the milk pails. Until dinner time there was usually some job such as hay raking, turning hay, blackberrying, cleaning up around the barn, cultivating the corn or the vegetable garden (I really only helped with the corn cultivation) stacking wood, or helping with the cleaning and washing. Then we had dinner, and after the dishes there was another job until milking at 5:30. Again I milked five cows, carried milk, and so on. Supper was usually about 7:15, and I was through after the dishes. I was ready for bed by this time.

Aside from the jobs mentioned above, I was expected to keep the icebox filled with ice, weed the vegetable garden, keep the wood box filled, and often turn the grindstone, etc.

Mr. Adams, Mrs. Adams, Nelson, the hired man, and the children all taught me how to do the work. I found the kids were a priceless help when I wanted to ask some stupid question and didn't quite dare to approach the others.

Ruthy Gonnett

Vassar College, Poughkeepsie, N. Y.

I have done farm work for about five summers

I HAVE done farm work for about five summers now, and therefore I am quite enthusiastic about it. I first heard of the Volunteer Land Corps through the newspapers. I went up to their office in New York and told them of my qualifications in the field of dairy farming. I was given a job on a farm in Vermont. This farm has about 75 acres of land and a milking herd of some 14 cows. The principal part of my work was to assist the owner in doing all the farm operations.

It might interest you to know how I spent my typical day. If I had kept a diary, here's how almost any page might have read: "I got up this morning at 6:00 a.m., went downstairs to the bathroom, got washed and dressed. Went out to the barn to start milking at 6:07 a.m. Finished milking at 7:30 a.m. Fed the chickens and then went in for breakfast at 8:30 a.m. Went out with Everett, the owner of the farm, to hitch up the horses. While Everett mowed down some hay, I planted corn. At 10:30 a.m. I went with the farmer and started to get the hay which he had cut yesterday. I spent the whole day in the hay field except for an hour and a half which was spent for lunch and another hour and a half for milking. Ate dinner at 6:00 p.m. After dinner I went to my room, changed my clothes and went to town to meet some of the other fellows who worked on the neighboring farms and all of us spent a very relaxing evening in the movies. Arrived home at 10:30 p.m. and now to bed."

Jerie Noel Helfat

Lawrence, L. I., N. Y.

22 WOMAN'S DAY

19歳の夏休み、人手の足りない農家にホームステイして、農業の手伝いをした。その経験をつづった記事をのせた雑誌（「Woman's Day」1943年4月号）のページ。女性向けの雑誌で、現在も発行されているわたしはほとんど外で仕事をしました。一日の生活は、午前五時四十五分に起きるところから始まります。六時には納屋《なや》へ行き、牛五頭の乳《ちち》しぼり。とれた牛乳《ぎゅうにゅう》はミルク小屋へ運びます。それから干《ほ》し草《くさ》をとってきて馬と雄牛《おうし》にやり、家畜小屋《かちくごや》の通路を清掃《せいそう》します。朝八時に朝食をとると、皿洗《さらあら》い。それから牛乳《ぎゅうにゅう》用《よう》のバケツを洗《あら》います。そのあと夕飯《ゆうはん》までにする仕事は、干《ほ》し草《くさ》かき、ブラックベリーつみ、納屋《なや》のそうじ、トウモロコシ畑や野菜畑《やさいばたけ》の耕作《こうさく》（トウモロコシ畑の耕作《こうさく》は、ほんの少しお手伝《てつだ》いしただけですが）、まき集め、家のそうじなどです。夕飯《ゆうはん》は七時十五分くらい。そのあと皿洗《さらあら》いをすれば、わたしの一日の仕事はおしまいです。このころにはクタクタで、すぐにベッドに入ります。

ほかにも、冷蔵庫《れいぞうこ》に氷を入れたり、畑の雑草《ざっそう》をとったり、まき置《お》き場《ば》をいつもいっぱいにしておいたり、うすをひいたり……いろいろなことをしました。

アダムズご夫妻《ふさい》と使用人のネルソンさん、そして子どもたちが、わたしに仕事を教えてくれました。初《はじ》めての農場経験《のうじょうけいけん》で何もわからないわたしにとって、どんな小さなことでも気軽に聞ける子どもたちには、本当に助けられました。

「夏休みが終わって大学にもどったら、教室のコートかけが全部取《と》り払《はら》われていたの。武器《ぶき》を作る資源《しげん》にするために、国に寄付《きふ》されたんですって。まあ、コートかけがなくても、困《こま》ることは何もなかったけど」

アメリカは、自分の国が戦場《せんじょう》になることはなく、爆撃《ばくげき》を受ける心配はありませんでした。ガソリンやおさとうなど、まえより手に入りにくくなったものも少しはありましたが、おなかをすかせて生活するような食糧難《しょくりょうなん》はありませんでした。遠くに行くときは、ガソリンの必要《ひつよう》な車のかわりに、自転車を使いました。

学生たちは、ボランティアで働《はたら》いてはいたものの、ほぼふだんどおりの生活を続《つづ》けていました。

お父さんのたんじょう日

「大学時代に、一度、寮《りょう》からコーンウォールの別荘《べっそう》まで、自転車で行ったことがあるの。その日は父のたんじょう日で、やくそくなしでお祝《いわ》いにかけつけて、びっくりさせようと思ってね」

大学からコーンウォールまで、自転車だと四時間くらいかかります。簡単《かんたん》に行けるような距離《きょり》ではありませんが、ルーシーは、自転車で別荘《べっそう》のすぐ近くまで行き、そこからお父さんに電話をしました。お父さんは、ルーシーがとつぜん来たことに驚《おどろ》いていましたが、電話のところまで、車でむかえに来てくれました。

ところが別荘《べっそう》に着いてみると、なんと、盛大《せいだい》なたんじょうパーティーのまっさいちゅうでした。お父さんとお継母《かあ》さんの友だちや仕事関係《しごとかんけい》の人たちが、おおぜい集まっています。

――みんなといっしょにお祝《いわ》いできてよかったですね。

「そういう気分ではなかったわ。パーティーの主役の父を呼《よ》びだしてしまうし、着かざった人たちのなかで、わたしだけ場違《ばちが》いな感じで、居心地《いごこち》が悪かった。いくら父をよろこばせるためだったとはいえ、ふんいきをだいなしにしてしまったと思ったわ。

このときまで、わたしは親鳥の巣《す》に帰る赤ちゃん鳥のようなつもりでいて、いつパパのところへ行っても、大かんげいされると思いこんでいたの。パパがこの世で一番大切に思っている女性《じょせい》は、娘《むすめ》のわたしなのよって。でも、この日、パパにとって一番大切なのは、わたしではなかったんだって、つくづく思ったわ」

ヴァッサー・カレッジに入学してから、二年がたっていました。それなのにルーシーは、何を専攻《せんこう》するか（何を中心に勉強するか）決められずにいました。子どもに興味《きょうみ》があったので、お父さんに「子ども学を専攻《せんこう》しようと思う」と手紙を書いたこともありました。

──でも、勉強したのは化学でしたね?

「そう。父から返事がきたのよ。子どものことはわざわざ勉強しなくても、親になればわかることだから、考え直しなさいって。それでなんとなく、化学にしてみようかしらと思ったの。実験《じっけん》や研究で答を見つけられるっていいなと思って。それに、家族には自然科学《しぜんかがく》を専門《せんもん》にしている人がいないから、いろいろと比べられずにすむと思ったの」

ルーシーの両親はジャーナリストとして活躍《かつやく》し、兄は外交官《がいこうかん》でした。でも、あとになって、父方のおばあさんが化学者だったと知りました。

一九四四年、ルーシーは大学を卒業《そつぎょう》します。第二次世界大戦《だいにじせかいたいせん》のさなかで、学生たちが一刻《いっこく》も早く社会に出て仕事をし、国の力になるようにと、大学は卒業式《そつぎょうしき》を例年《れいねん》よりひと月早い、四月に行うと発表しました。

エルマーの物語のたんじょう

研究所からレストランへ

大学を卒業《そつぎょう》したルーシーは、ボストン市立病院にあるソーンダイク記念研究所《きねんけんきゅうじょ》で、研究員として働《はたら》きはじめます。病気のちりょう方法のききめを試《ため》したり、予《よ》防法《ぼうほう》を確認《かくにん》したりする研究所です。

――世《せ》界的《かいてき》にも有名な研究所ですが、仕事はたいへんでしたか？

「ものすごくいそがしい職場《しょくば》で、みんなピリピリしてた。自分の担当《たんとう》している研究のほかに、週に一回は、市立病院で夜勤《やきん》もしなくてはならないの。だれもが時間に追われて、新人のわたしに仕事を教えてくれる人はいなかったわ。何をどうしたらよいのかさっぱりわからないから、足手まといになるばかりで、とても居《い》心地《ごこち》が悪かったの。

職場《しょくば》に、ひとり、ユダヤ人研究員がいて、ほかの研究員たちがその人を差別《さべつ》しているのを見るのもつらかったわ。助けてあげたくても、どうにもできなかったの。心がつかれて、半年足らずで研究員をやめてしまったの」

——そうでしたか。じゃあ、そのあとは？

「まだ戦争中《せんそうちゅう》で、兵役《へいえき》につく人たちもいて、いろいろな職場《しょくば》で人手不足《ひとでぶそく》の時代だったから、次の仕事はすぐに見つかったの。兵器《へいき》に使う製品《せいひん》の性能《せいのう》を調べる仕事。でも、そのあと数か月で戦争《せんそう》が終わって、わたしの仕事は、なくなってしまって

……」

——それで、どうしたんですか？

「とりあえず、ニューヨークのレストランで、ウェイトレスのアルバイトを始めたの」

——住まいは？

「二世帯住宅《せたいじゅうたく》を女性《じょせい》五人で借《か》りてくらしたの。夕方、わたしがアルバイトに出か

けるころに、みんなは会社から帰ってきて、おしゃれな服に着替《きか》えてデートや食事に出ていくの。

昼間は大きな家にわたしひとりきりだから、フェルト細工《ざいく》をしたり、お話を書いたりして過《す》ごしたわ」

――フェルトを切って台紙にはって描《えが》いたりゅうや、フェルトで作ったぬいぐるみを見せてもらいましたが、プロの作品のようにおじょうずですね。

「お店に買いとってもらって、生活費《せいかつひ》の足しにしようと思っていたのよ。一度、家主さんにフェルト絵を見せたら、とてもいいから、出版社《しゅっぱんしゃ》に持っていって、子どもの本のさし絵に使ってもらえないか聞いてみたらっていわれたの。でもそれなら、自分でお話も書きたいって思ったわ」

子どものときに、書くことは楽しいと知ったルーシー。小さかったころは、お話を書けば、かならずお母さんやお父さん、先生たちが読んでくれました。書いているあいだはひとりでも、書いたあとにはみんなとの楽しい時間がやくそくさ

手芸をするルーシー（大学卒業後）

おとなになっても、ルーシーの記《き》憶《おく》には、あの楽しい時間がしっかりときざまれていたのでしょう。

『エルマーのぼうけん』のはじまりはじまり

ウェイトレスの仕事をして半年ほどたったある日、友人が、スキー場のロッジのアルバイトをしょうかいしてくれました。十月ごろ、雪のふりはじめるまえにロッジに行き、建物《たてもの》や部屋《へや》の修理《しゅうり》、そうじなどをして、お客さんをむかえる準備《じゅんび》をします。そしてスキーシーズンが始まったら、客室のそうじやシーツの交換《こうかん》、せんたくなどをして、シーズンの終わる三月ごろまで、およそ半年間働《はたら》くのです。

――二十二歳《さい》のときですね。重労働《じゅうろうどう》だと思いますが、引き受けたんですね。

「ええ。だって山で半年もくらしたことなんてないもの。やってみたかったの。それにスキー場のロッジだから、お客さんも、自分と年の近い人がたくさん来て楽しいだろうと思って、ニューヨークのわたしの部屋《へや》は、人にゆずって出かけたの」

――仕事はきつかったですか？

「ロッジの準備《じゅんび》を整えたあと、雪がなかなかふらなくて、雨ばかりだったの。だからお客さんは来ないし、最初《さいしょ》は時間があってね。でも山のなかだからお店も映《えい》画館《がかん》もないし、部屋《へや》の窓《まど》から外を見ていたの。そして、たいくつだから、お話でも書こうかなと思って、紙と鉛筆《えんぴつ》を出して書きはじめたの。『ぼくのとうさんのエルマーが小さかったときのこと、あるつめたい雨の日に……』って」

――『エルマーのぼうけん』の出だしですね！　『エルマーのぼうけん』は、スキー場で書いたんですか？

「そう、最初《さいしょ》の部分はね。あのときは、わたしのすきなクランベリーとみかんが出回る季節《きせつ》だったから、それも地名に使って（グラビア2・3ページ）」

エルマーが最初《さいしょ》に上陸《じょうりく》したのがみかん島で、みかん島にある港がクランベリ港です。

お話を書きはじめると、まもなく雪がふりだしました。ロッジの仕事がいそがしくなり、物語はとちゅうのまま、ルーシーはせんたくをしたり、そうじをしたりして働《はたら》きました。

クリスマスはロッジでむかえました。とまっている客にとっては、いちばんもりあがる日です。ルーシーと同じ年くらいの若《わか》い女性《じょせい》たちは、朝からおしゃれをしています。けれど、ロッジで働《はたら》くルーシーたちにとっては、いちばんいそがしい日です。ゲレンデで一日過《す》ごす客たちのために、お昼のサンドイッチを作ったり、クリスマスディナーのための準備《じゅんび》をしたり。もちろん、ふつうの日と同じように、皿洗《さらあら》いやせんたく、そうじもします。

——お客さんと友だちになっているひまはなさそうですね。

「クリスマスくらいは、働《はたら》いている人たちもゆっくりできるようにしてあげましょうっていう、やさしいお客さんなんて、ひとりもいないのよ。女性《じょせい》のとまり客は、きれいに着かざるのにむちゅうで、かえっていつもよりひどく服を脱《ぬ》ぎちらかしているくらいだったわ」

一日働《はたら》きづめで、あっというまに夜になりました。

夜九時ごろ、ようやく夕食のかたづけが終わりました。ルーシーは、ロッジのお祭りさわぎからのがれたくて、ロッジで飼《か》われている二匹《ひき》の犬と散歩《さんぽ》に出ます。

雪にすっぽりおおわれた林。林の中は、かいちゅうでんとうのあかりだけがたよりです。家族から離《はな》れ、犬二匹《ひき》と過《す》ごす暗がりのなかのクリスマス。

――それはまた、ずいぶんと静《しず》かなクリスマスの夜でしたね。

「そうでもないのよ。帰るとちゅうで、はげしいふぶきになって、道が消えてしまったから」

――え？　ホワイトアウトですか⁉　道どころか、あたり一面まっしろで、方向もわからなくなるでしょう？

「そう。どっちへ行けばいいのやら、まるでわからないから、犬たちが進む方向をロッジと信じて、あとについていくことにしたの。大きな声でクリスマスキャロルを歌いながら。そうしたら、ちゃんとロッジに帰れたわよ」

――それは……ほんとうによかったです。

三月になりました。スキーシーズンは終わりです。ニューヨークの部屋《へや》は、人にゆずってしまっていたので、ルーシーには帰るところがありませんでした。それでしばらくは、お父さんのいるコーンウォールの別荘《べっそう》に置《お》いてもらうことにしました。

『エルマーのぼうけん』本になる

エルマーの物語完成

別荘《べっそう》には、お父さんとお継母《かあ》さんがいました。お父さんは、自分の本の原稿《げんこう》を書いているところでした。お継母《かあ》さんは、そのお父さんの本のためのさし絵を描《か》いていました。そこでルーシーも、スキー場で書きかけていた物語の続《つづ》きを書くことにしました。

そして、ついに『エルマーのぼうけん』を書きあげたのです。

――『エルマーのぼうけん』は書きあげるのにどのくらいかかりましたか？

「どのくらいだったかしら？　あまり考えたりせずに、子どものころに、お話を作ったときのように、思いつくまま書いていったの。わたしのなかにいる『子ど

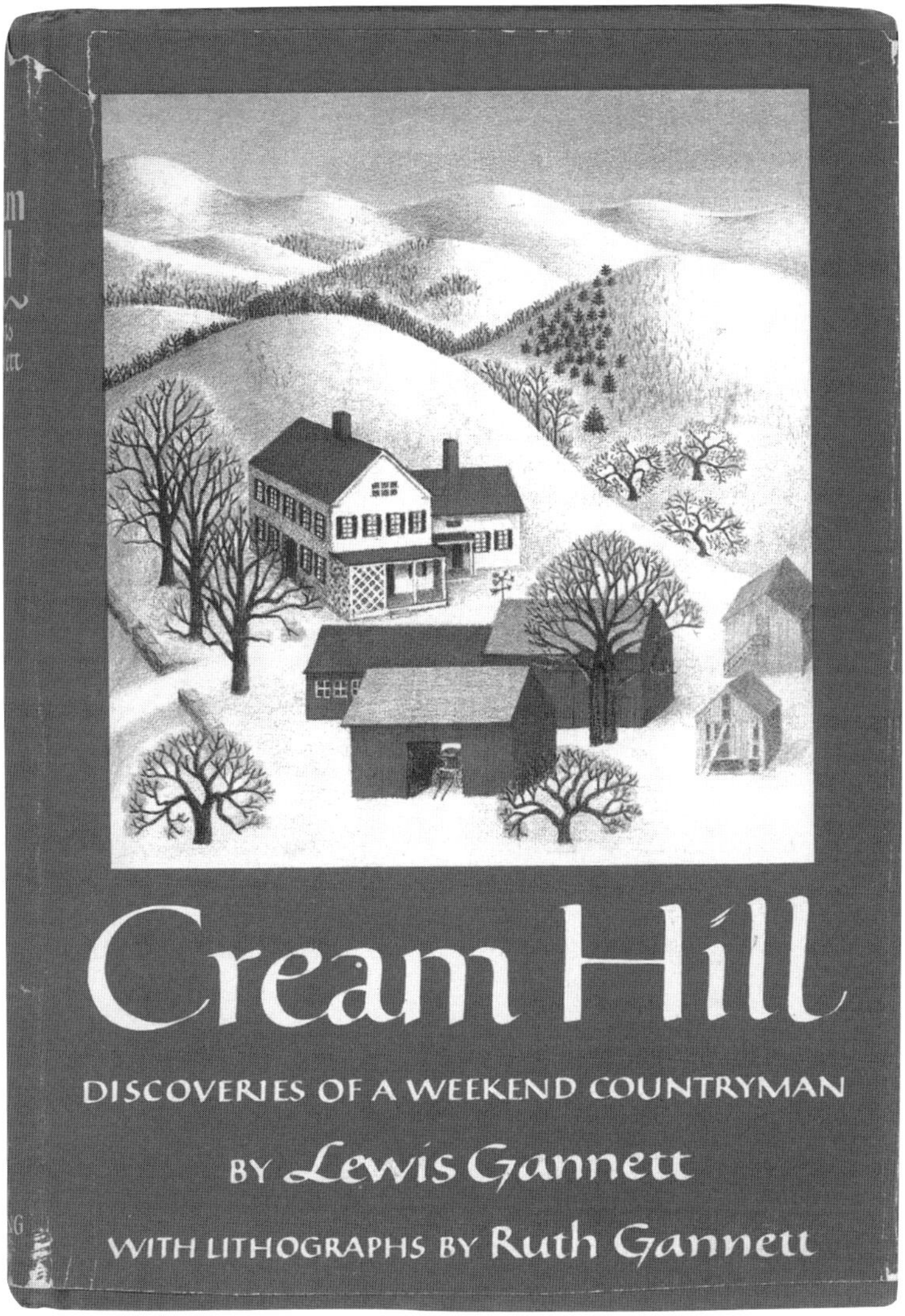

父と継母が別荘でとりかかっていた本の表紙。絵には実際の別荘が描かれている。
いちばん右の納屋には、ルーシーが２歳のときにころがりおちた階段が見える

ものわたし』が書いているから、エルマーがリュックに入れる物も、子どものときに身近にあった物ばかりよ。

エルマーが、どうぶつ島で動物たちから逃《に》げるときのおもしろい方法を思いつくと、リュックのなかの物を取りかえてみたりして、楽しかったわ」

物語を書きおえて、お父さんとお継母《かあ》さんに見せると、ふたりとも、とてもおもしろいから出版社《しゅつぱんしゃ》に持っていったらいい、といいます。お継母《かあ》さんは、自分が絵本を作ったときに担当《たんとう》した編集者《へんしゅうしゃ》を、しょうかいしてくれました。編集者《へんしゅうしゃ》も、エルマーの話をおもしろいと思いました。でも、子どもたちはどう思うのでしょう。そこでためしに、ある小学校の子どもたちに読ませてみることになりました。

——それで、子どもたちは、どうだったんですか？

「大よろこびしたんですって。おもしろいって。でもね、担任《たんにん》の先生が書いた報《ほう》告書《こくしょ》には、『子どもたちにはたいへん好評《こうひょう》でしたが、こんな物語を書くなんて、この作者は少し頭がいかれているのではないでしょうか』って書いてあったって聞いたわ」

ガネットさんは、おもしろそうにわらいました。

『エルマーのぼうけん』を書きあげたのは一九四六年。ルーシーはまだ二十二歳《さい》でした。けれど本になって出版《しゅつぱん》されたのは、それから二年あとでした。時間がかかってしまったのには、いくつか理由があります。そのひとつは、本のためのさし絵を描《か》く人《ひと》が、すぐに決まらなかったことです。

——絵を描《か》く人《ひと》は、どうやって決めたんですか？

「わたしはガース・ウィリアムズの絵がすきで、編集者《へんしゅうしゃ》には彼《かれ》に描《か》いてほしいって伝《つた》えたの。でも、ウィリアムズは、そのころ「インガルス一家」の物語（『大草原の小さな家』など）のさし絵を描《か》いていて、時間がないからってことわられたの」

そこで編集者《へんしゅうしゃ》は、子どもの本の世界でよく知られた画家たちの名前のリストを持ってきました。そして、「このなかからだれかを選《えら》んでみたら？」といいました。何しろルーシーが初《はじ》めて書いた本です。世間《せけん》の人はルーシーのことを知りません。編集者《へんしゅうしゃ》は、せめてさし絵を描《か》く人《ひと》は有名な人にしないと、だれも本を買わないだろう、と考えたのです。

リストにある名前は、ルーシーもよく知っている画家たちでした。けれども、エルマーのお話にぴったりと思う画家はいませんでした。そこで図書館に行って、絵本をかたっぱしから見て、これぞと思う画家をさがしにかかりました。でも、なかなか見つかりません。

そんなある日、ぐうぜん図書館で知り合った若《わか》い画家から、パーティーのさそいを受けました。新しいアトリエ（作業場）の完成祝《かんせいいわ》いに、ルーシーも来ないかというのです。知らない芸術家《げいじゅつか》ばかりがくるパーティーで、ルーシーは少し気が引けたのですが、行ってみることにしました。

そしてそこで、のちに結婚《けっこん》する男性《だんせい》、画家のピーターと出会います。

――さし絵を描《か》く人《ひと》をさがしていたのに、さきに将来《しょうらい》のだんなさんが見つかったんですね！

「パーティーが終わって帰るとき、ふたりの男の人が、家まで送りましょうっていってくれたの。そのときわたしは、ピーターを選《えら》んだの」

――どうしてピーターを？

「さあ……どうしてかしら？　ピーターのほうが、人間的《にんげんてき》におもしろそうに見えたのかしらね？」

家内工業

ルーシーのボーイフレンドとなったピーターは、第二次世界大戦《だいにじせかいたいせん》が始まった直後、十六歳《さい》のときに、ナチス・ドイツを逃《のが》れ、アメリカにやってきました。絵を描《か》くほかに、文字（アルファベット）のデザイン（カリグラフィー）もしました。

――ピーターには、絵を描《か》いてもらおうとは思わなかったんですか？

「もちろん聞いてみたわ。でもピーターは、自分にはさし絵はむいていないっていうの。お話に合わせて絵を考えたり、同じ人物をなんども描《か》いたりするのは苦《にが》手《て》だって。そして、ピーターが提案《ていあん》したの。お継母《かあ》さんに描《か》いてもらったらどうだろうって」

お継母《かあ》さんは、『ミス・ヒッコリーと森のなかまたち』という物語のさし絵も描《か》いています。（文章を書いたキャロライン・シャーウィン・ベイリーは、この本で、一九四七年、ニューベリー賞《しょう》という、アメリカではとても権威《けんい》のある、子どもの本の作家のための賞《しょう》を受賞《じゅしょう》しました。）

ピーターや家族と話をかさねるうちに、いつのまにか、さし絵はお継母《かあ》さんに描《か》いてもらうことに決まりました。

そのときから、家族総出《かぞくそうで》でエルマーの本作りが始まったのです。

——エルマーの着ている服とか、りゅうのかたちとか、どんな絵にするかは、お継母《かあ》さんとそうだんしたんですか？

「継母《はは》に聞かれたの。主人公とりゅうは、どんなふうに描《か》こうかしらって。

それで、りゅうはまだ子どもだから、かわいくて、おとなしくて、やさしそうに見えるのがいいって、いったの。強そうに見えるよりも、やさしそうに見えるりゅうのほうが、お話を読む子どもたちも、助けてあげたいっていう気持ちになると思ったから。

継母《はは》が、わたしに絵に描《か》いてみせてっていうから、描《か》いたのよ（11ページのりゅうの絵）。エルマーも描《か》いてみせたわ」

お継母《かあ》さんは、その絵から、ルーシーのエルマーとりゅうに対する気持ちを読みとって、お継母《かあ》さんなりの絵に仕上げました。ルーシーの描《か》いたものとは見た目の違《ちが》うエルマーとりゅうでしたが、ルーシーが読者に伝《つた》えたいと思ったことを、まさしく伝《つた》えるものでした。

――お継母《かあ》さんの絵を見たときは、どう思いましたか？

「とってもうれしかった。エルマーの服装《ふくそう》は、わたしが描《か》いたのと同じだったけど、あとは、ずいぶん違《ちが》う絵《え》になっていたの。でも、お話にぴったりだと思ったわ。

りゅうとエルマーのほかは、ぜんぶ、継母《はは》がいちから考えて描《か》いたのよ。エルマーの家のなかに描《か》かれている食器《しょっき》やだんろは、継母《はは》の家にあったものよ。わたしの持っていた、せとものの動物の置物《おきもの》をヒントに描《か》いた動物もあったわ。どの絵も、継母《はは》が自分の想像《そうぞう》で描《か》いたものだけど、わたし、ぜんぶすきよ。どうぶつ島の地図は、継母《はは》とピーターで描《か》いたの。ピーターは、わたしが描《か》いた地図をきれいに描《か》きなおして、文字も書きいれてくれたわ」

『エルマーのぼうけん』は、当時の子どもむけの本としてはめずらしく、おとなの本のように「章《しょう》」に分けられ、それぞれの「章《しょう》」に題があります。そこで目次もつけて、できあがりはおとなの本のように、美しくしっかりしたものにしようとみんなで決めました。

本の大きさを決めるときには、実際《じっさい》に見本を手作りしてみました。なかのページはまっしろのままです。

本の大きさが決まると、ピーターが読みやすさを考えて、文字の大きさと書体を決めました。

そして、その文字で、出版社《しゅっぱんしゃ》に原稿《げんこう》を印刷《いんさつ》してもらいました。

river begins here
WILD ISLAND
my father doesn't know what's on this side of the island
palmtree and gorilla
sign post
baby Banyan tree
small clearing
flagpole and crank
dragon in bushes
sleeping whale snoring
tangerine peels
Wahoo bush
brook
clump of tall grass where my father slept and left more tangerine peels
weeping pool
Mahogany tree
RIVER
big clearing
my father talked to a pair of tortoises
swamp
this is all very thick jungle
my father comes to the river and decides to go along the bank
my father nearly walked right between two wild boars

ピーターが文字を書きいれた地図

印刷《いんさつ》された原稿《げんこう》をはりあわせて一枚の長い紙にし、絵を入れたい場所に、印《しるし》をつけていきます。そしてどんな絵がいいかを考えました。

絵のイメージが決まると、お継母《かあ》さんが、鉛筆《えんぴつ》でおおざっぱに絵を描《か》いていきました。


——お継母《かあ》さんの鉛筆《えんぴつ》の絵と、ながーい一枚の原稿《げんこう》から、どうやって本を作ったんでしょう?

「まず、まっしろいページの本に、原稿《げんこう》をハサミで切って、ラフ(おおざっぱに描《か》いた絵)といっしょにはりつけていったの。単語《たんご》のとちゅうでページが変《か》わると読みにくいから、できるだけ読みやすく文字をおさめるようにくふうをしながらね。

文章を読むまえに、絵からお話のさきがわかってしまったり、ずいぶんまえに読んだことが、あとのページで絵になって出てきたりすると、楽しさが半分になってしまうから、しんちょうに、文章と絵を入れるところ、ページを変《か》えるところを考えて、はりつけていったの（グラビア4・5ページ）」

――物語の本なのに、まるで絵本を作るような気のつかいようですね。ずいぶんと手間ひまかけて、たいへんでしたね。

「いいえ、とっても楽しかったわ。小さな町工場で、家族みんなで本を作っているみたいだった。でも、継母《はは》はたいへんだったと思う。継母《はは》の絵は、こまかいところまでていねいで、描《か》くのにはとても神経《しんけい》を使うし、時間もかかるの。わたしが物語を書く時間の何倍もかかったの」

――家族で本を作るなんてすてきですね。本を読んだり、文章を書いたりする作業は、ふつうはひとりでする、孤独《こどく》な作業だと思っていました。でも、ガネットさんは、小さいときから、お話や本の近くに家族がいたんですね。

ピーターとは、エルマーの第《だい》一巻《かん》が発売されるまえの年に結婚《けっこん》していますね。

「そう。あのときは、母がひとことだけいったわ。ユダヤ人と結婚《けっこん》すると、たいへんなこともあるかもしれないから、覚悟《かくご》だけはしておきなさいって。でも、それでおしまい。そのとき以外《いがい》、家族のだれからも『ユダヤ人』という言葉《ことば》は聞か

結婚パーティーで、夫のピーターと。23歳

なかった」

――結婚《けっこん》してから、第《だい》二巻《かん》も書きはじめたそうですが、これは出版社《しゅっぱんしゃ》に書くようにいわれたんですか？

「いいえ、自分で書きはじめたの。もともと、二巻《かん》、三巻《かん》は書くと決めていたわけではなかったのよ。だけど、最初《さいしょ》の話が、エルマーがりゅうのせなかに乗って、飛《と》び去《さ》るところで終わっているでしょう？　そのまま終わるのがいやだったの。最後《さいご》は、どうしても、エルマーもりゅうも、ぶじに家族のもとへ返してあげたかったの。

それから、一巻《かん》で、エルマーにりゅうのことを話してくれたのらねこも、あのあと、どうなったかしらって、自分でも気になったし。

それで二巻目《かんめ》を書いて……だけど書き終えてみたら、りゅうのほうは、まだ家族といっしょになれないでいたから、三巻目《かんめ》を書いたのよ」

ルーシーが五歳《さい》のときにお父さんが家を出てから、ガネット家は、家族全員そろってくらすことはありませんでした。十三歳《さい》で寮生活《りょうせいかつ》が始まってからは、「家庭」での生活は終わってしまったルーシー。でも、家族のことは、かたときも、ルーシーの頭を離《はな》れることはなかったに違《ちが》いありません。だから、エルマーもりゅうも、家族のもとへ帰るまで、書きつづけようと思ったのではないでしょうか。

『エルマーのぼうけん』の受賞《じゅしょう》と七人の子ども

『エルマーのぼうけん』は、一九四八年に出版されると、すぐに「ニューヨーク・ヘラルド・トリビューン春の児童図書賞《じどうとしょしょう》」に選《えら》ばれました。これは、ニューベリー賞《しょう》とならぶ、大きな賞《しょう》です。

——受賞《じゅしょう》の知らせは、いつ受けとったんですか？

「そのころ、初《はじ》めての赤ちゃんが生まれたばかりで、わたしは母の家にいたの。母は昼間は仕事に出ているから、わたしと赤ちゃんで過《す》ごしていたら、とつぜん父がやってきて、『すぐに新聞社に行くぞ。表にタクシーを待たせてあるからいそいでしたくして！』っていったの。『でも赤ちゃんが』っていったら、だっこしてくればいいからって。それだけいって、また外に飛《と》びだしていったの。

何がなんだかわからないまま、おおいそぎでしたくして、父が待っているタクシーに乗ったら、父が、今から授賞式《じゅしょうしき》だって。それで初《はじ》めて知ったのよ」

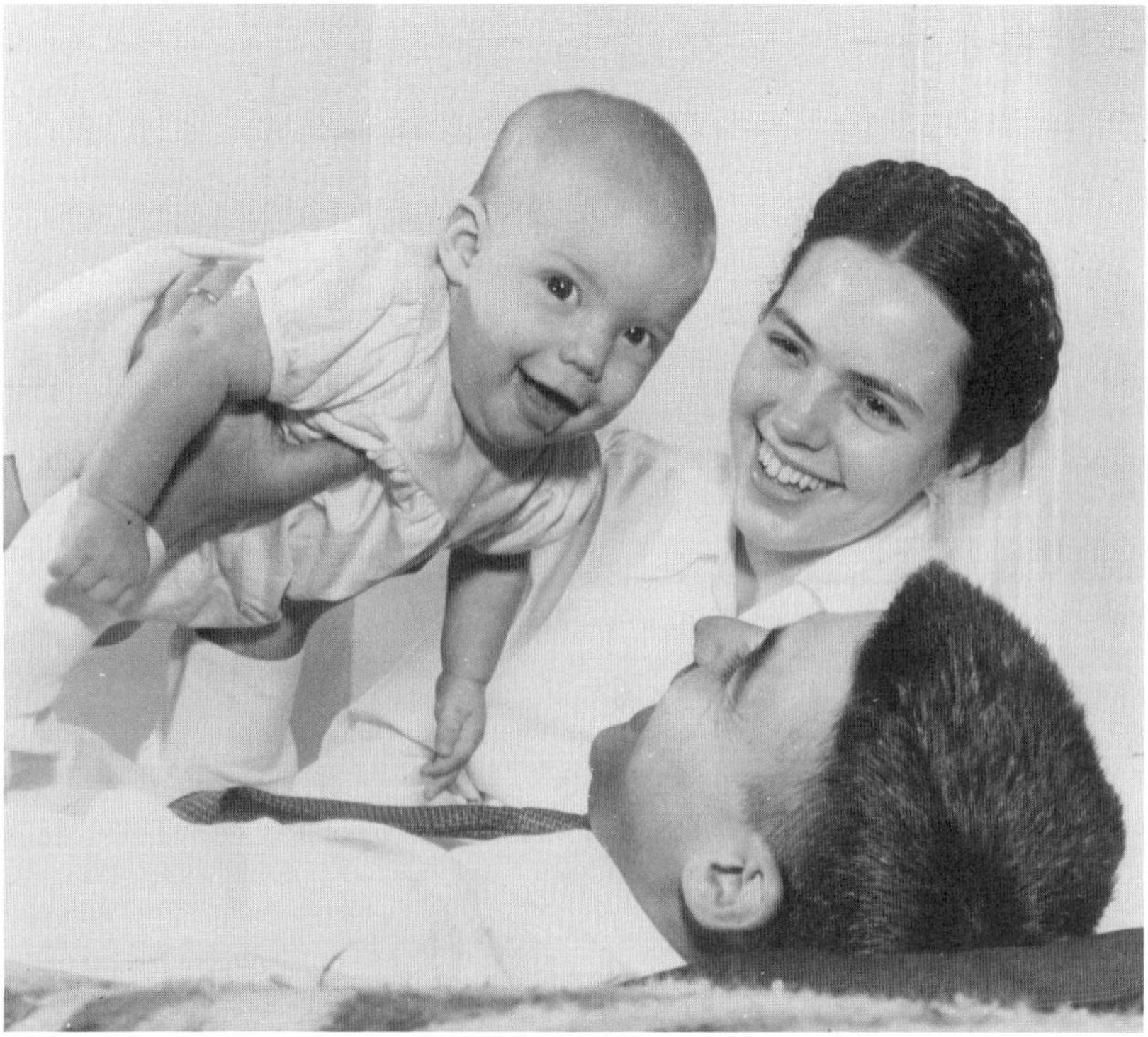

25歳。長女シャーロットとピーターと

会場に着くと、ほかの受賞者《じゅしょうしゃ》はもう舞台《ぶたい》に上がっていました。まわりの人に、「あなたも早く舞台《ぶたい》へ！」といわれ、近くにいた女性《じょせい》に赤ちゃんをあずけて舞台《ぶたい》に上がり、受賞《じゅしょう》のあいさつをしました。

——あいさつでどんなことをいったか、覚《おぼ》えてますか？

「たいしたことは何もいわなかったと思うわ。でも、舞台《ぶたい》からおりてきたら、父がほんとうにうれしそうにしていてね、わたしの耳元でささやいたの。『おまえが子どものころ、この子はおとなになったらどんな仕事をするんだろうって思っていたんだ。まさか、子どもの本の作家になろうとはね』って。それを聞いてうれしかったわ」

これまでお父さんは、仕事で数えきれないほどの本を読み、新聞に書評《しょひょう》を書いてきました。自分で本も書いています。そんなお父さんに、作家としてみとめてもらえたなんて、ルーシーは、どれほどうれしかったことでしょう。『エルマーのぼうけん』は、このあと、ニューベリー賞《しょう》オナーブックにも選《えら》ばれます。

ふたり目の子どもを出産《しゅっさん》した一九五〇年には、第二巻《だいかん》『エルマーとりゅう』を、そのよく年には、第三巻《だいかん》『エルマーと16ぴきのりゅう』を刊行《かんこう》しました。これでようやく、エルマーもりゅうも、家族のもとへもどりました。

ところで、『エルマーのぼうけん』は、日本語の題です。英語《えいご》では、『ぼくのおとうさんのりゅう（My Father's Dragon）』という題がついています。日本語版で、語り手が「エルマー」といっているところも、英語版《えいごばん》では、すべて「（子どものころの）ぼくのおとうさん」となっています。

ルーシーは、この本で賞《しょう》をもらい、だいすきなお父さんに、作家としてみとめてもらいました。そのあとに書いた『エルマーとりゅう』『エルマーと16ぴきのりゅう』では、ルーシーは、最初《さいしょ》から主人公を「エルマー」と呼《よ》んでいます。

「ぼくのおとうさん」という呼《よ》び名《な》は、消えてしまいました。

――どうして二巻目《かんめ》からは、「ぼくのおとうさん」ではなく、「エルマー」と呼《よ》ぶようにしたんですか？

「さあ、どうしてかしら……。わたしも、人にいわれるまで、気づいていなかったの」

ルーシーの夢

ガネットさんのもとには、その後、さらに五人の娘《むすめ》が生まれます。

――七人の女の子を育てるなんて、ほんとうにたいへんでしたね。

「ほかの人が、『子どもが七人いる』って話しているのを聞くと、なんてたいへんなんでしょうって思うの。でも自分は、たいへんだと思ったことは一度もないの。楽しくてあっというまだったわ。

シャーロット（長女）が小さかったころ、雨あがりにできた大きなどろだまりで遊ばせてあげたことがあるの。子どもって、水たまりやどろがすきでしょう？どろ水を手でかきまわしたり、しりもちをついたり、もう、おおはしゃぎでね。近所の子どもたちは、どろまみれのシャーロットが、いつ、わたしにお仕置《しお》きされるか、きょうみしんしんで見ていたわ」

40歳。7人の娘たちと

そのシャーロットさんに、子どもたちが小さいときはどんなお母さんだったのか、聞いたことがあります。

シャーロットさんの話では、子どもがたくさんいると、一日三回食事を作って食べさせて、大量《たいりょう》のせんたくをして、夜にねかしつけるだけでもたいへんなのに、ガネットさんは、さらにおもちゃを作り、子どもがのぞむ形のベッドや家具を手作りして、お祭りになればおそろいのドレスをぬって……と、朝から晩《ばん》まで、いっときも止まることなく動き回っていたそうです。何もせずにすわっているところは見たことがなかったといいます。

そして子どもがいたずらをしても、あぶないことでなければしからなかったといいます。ハンナさん（四女）が小さいとき、食事ちゅうにスパゲティをつかんで、下の妹の頭にのせたときも、それを見て子どもたちといっしょにわらっていたそうです。それからスパゲティをかたづけて、子どもの頭をきれいにして、「さあ、食べましょう」と。

シャーロットさんはいいました。

「エルマーが、のらねこやりゅうの味方《みかた》だったみたいに、母はいつも子どもの味《み》方《かた》だったの」

――エルマーの本は三巻《かん》とも大成功《だいせいこう》でしたね。もっともっと書きたい、作家の仕事を続《つづ》けたい、と思いませんでしたか？

「それはなかったわ。作家になりたいと思ったことは一度もないの。エルマーを書いたのは、子どものころに物語を作る楽しさを知ったから。おとなになって時間ができたときに、また、あの楽しい時間を過《す》ごしたいと思ったからよ。

エルマーの三冊《さつ》のほかに、お話を二冊《さつ》、書いたことがあるの。でもそれも、作家になりたいからではなくて、楽しいことをしたかったから。

小さいころ、たとえばわたしが、『おうじさまと、大きなお城《しろ》を作りました』っていうと、おとなは、それをそのまま文字にしてくれたでしょう? まるでわたしがほんとうのことを話しているみたいにね。そんなことを経験《けいけん》しているうちに、たぶん、しぜんと言葉《ことば》の持つ力を知ったんだと思うの。言葉《ことば》にすれば、ないこともあることにできる。そんなすごい力を持つ言葉《ことば》を使って物語を作るのは、とってもおもしろいのよ。わたしには、物語を書くことは『楽しみ』で、仕事にはならないの」

――じゃあ、いつかおとなになったらしてみたいと思っていた仕事や、職業《しょくぎょう》はありますか?

「ずっと『お母さん』をやりたいと思っていたの。十二人の子どものいる。実際《じっさい》には、子どもは娘《むすめ》ばかり七人で終わっちゃったけど、でも今、孫《まご》が八人いるの。だからやりたいと思っていたことは、ほとんどかなったのと同じね」

ここまで聞いて、わたしはレコーダーのスイッチを切りました。

第2部

イサカの町で
—今のガネットさん—

イサカの図書館で図書整理のボランティア

イサカの家

ガネットさんの家は、ニューヨーク州のイサカという町にあります。イサカは、ニューヨーク国際空港《こくさいくうこう》から、小さな飛行機《ひこうき》で一時間ほど北西に飛《と》んだところにある、自然《しぜん》ゆたかな町です。名門、コーネル大学があることで知られています。

ガネットさんの夫ピーターは、コーネル大学で美術《びじゅつ》を教えていました。ガネットさんの家には、めんどう見のよいピーターをたよって、教え子や仲間《なかま》の教授《きょうじゅ》たちがしょっちゅうやってきました。

ピーターは、ボランティアで地元の消防団《しょうぼうだん》に入っていました。一九九七年二月の夜のこと、ピーターに電話がかかってきます。ガネットさんの家の近くで交通《こうつう》事故《じこ》が起きたので、現場《げんば》にかけつけてほしいというのです。ピーターは、その事《じ》故《こ》現場《げんば》で交通整理をしているさいちゅうに、とつぜんの心臓発作《しんぞうほっさ》でなくなってしまいました。

それ以来、ガネットさんは、広大な土地に立つ木造の古い家に、ひとりでくらしています。（グラビア6・7ページ）

家のとなりには、巨大《きょだい》な納屋《なや》があります。一階部分の表側《おもてがわ》は車が四台は入るような大きな車庫で、かべをへだてたうら側《がわ》には、ガネットさんがおとなになってから作った「こびと村」があります。二階には、ピーターが絵を描《か》いていたアトリエ、小さなキッチン、そのほか、ベッドの置《お》いてある部屋《へや》がいくつもあります。ガネットさんが子どものときに作った家具などもあります。

さて、ガネットさんの一日は、キッチンで始まります。

朝起きるとすぐにキッチンへ行き、水を入れたやかんをガスコンロにかけます。それからコーヒー豆をミルで粉《こな》にします。

やかんのお湯がわくのを待つあいだに、オートミールのおかゆを作ります。なべに少量《しょうりょう》のお湯をわかしたところへ、オートミールを入れて煮《に》たて、おかゆ状《じょう》にします。そこへ黒ざとうを小さじ一杯《いっぱい》と、塩《しお》をひとつまみ入れてできあがり。う

朝ごはんのしたく。やかんでお湯をわかすあいだに、なべでオートミールのおかゆを作る

つわに移《うつ》したら、牛乳《ぎゅうにゅう》を少しかけて、自分でつんだブルーベリー（冷凍《れいとう》して一年じゅう食べられるようにしてあります）をのせます。

オレンジジュースをコップについで、わかしたお湯でコーヒーを入れれば、朝食のできあがり。わたしの知っている「アメリカ式」の朝食——卵《たまご》を二、三個《こ》使ったスクランブルエッグにソーセージかベーコン、バターやジャムをたっぷりぬったトースト——と比《くら》べると、動物性脂肪《どうぶつせいしぼう》やカロリーの低さは一目りょうぜんです。

昼食は、まえの晩《ばん》の残《のこ》り物《もの》などで作ったサンドイッチ。パンは自家製《じかせい》のライ麦パンです。かんづめのツナ、玉ねぎとセロリのみじん切り、ハーブ、マヨネーズ少々をまぜてペーストを作り、ライ麦パンのスライスにのせて食べることもあります。これはとてもおいしいです。このペースト、ハーブを入れなくてもおいしいですから、ぜひ作ってみてください。自家製《じかせい》のジャムやアップルソース（リンゴをとろとろに煮《に》てつぶしたもの）などもならびます。ガネットさんのアップルソースにはおさとうは入っていませんが、あまくて、でもさっぱりしていて、これもおいしいです。

朝食も昼食も、パパッとあっというまに作ります。でも食べている時間は、ゆっくりと流れます。それは、ガネットさんが、「食べること」を大事にしているからかもしれません。それから、ダイニングキッチンをぐるりとかこむ調理用品のせいもあるかもしれません。

調理用品は、約《やく》七十年《ねん》もまえに結婚《けっこん》したときに買ったものや、ガネットさんのお母さん、おばあさんが使っていたという年季の入ったものばかりです。フライパンはぶあつい鉄製《てつせい》で、軽いフライパンになれているわたしには、重くて返すことができません。(ガネットさんは、わたしの何倍も力があります!)

調理台の上のほうにしつらえた小さな棚《たな》には、クリーマーピッチャー(コーヒーなどに入れるミルクを入れる、高さ十センチ前後の小さなピッチャー)がずらり。これらはガネットさんが小学校三年生のときに始めたコレクションです。シカゴ万博《ばんぱく》の帰り、おばあさんの家に立ちよったとき、「うちにあるものをひとつ、おみやげに持っていきなさい」といわれて持ちかえったのが始まりです。

「ずうっとここにある」という物たちが、このキッチンにいるしゅんかんを、長い歴史《れきし》のなかのたいせつなひとときに感じさせてくれるのです。

ガネットさんのキッチンには、今ではアメリカのほとんどの家庭にある食器洗《しょっきあら》い機《き》や、電子レンジはありません。コーヒーは豆をひいていれるし、パンはすべて手作りです。二十一世紀《せいき》のアメリカで、ガネットさんのキッチンでは、今も一九五〇年代から六〇年代のそぼくなくらしが続《つづ》いています。

シカゴ万博の帰り、祖母にもらったミルクピッチャー（高さ10センチくらい）

しかる人

それは朝食の時間のことでした。

ガネットさんがすわる席からは、窓《まど》の外がよく見えます。いつもの席《せき》でオートミールを食べていたガネットさんは、スプーンを置《お》いてとつぜん立ちあがると、そのまま外へ出ていきました。

窓《まど》から見ていると、大がらなプロレスラーのような若者《わかもの》が、ガネットさんの家のまえの道路に、あきカンやペットボトルを山もりにした大きな段《だん》ボール箱《ばこ》を三つも置《お》いていきます。ガネットさんは、その若者《わかもの》のところへ行くと、しきりに段《だん》ボール箱《ばこ》を指差《ゆびさ》しながら、話しかけています。若者《わかもの》も、こわい顔で何かいいかえしています。遠くから見ていると、ガネットさんは子どものように小さく見えます。あんなに小さなおばあちゃまを、ひとりで大男に立ちむかわせるわけにはいかないと、わたしも外に出ました。

ガネットさんがいつもすわる席からとった写真。窓から外がよく見える。ドアの窓からは、えさを食べにくる小鳥やリスが見える

ガネットさんが若者《わかもの》にいいます。

「（道路の）こちら側《がわ》のゴミの収集《しゅうしゅう》は、もう、終わってしまったから、今ごろここに置《お》いていったって持っていってもらえないわよ。（道路の）むこう側《がわ》は、まだこれからかもしれないけど」

「俺《おれ》は、彼女《かのじょ》にここに置《お》いてこいっていわれたから持ってきただけだ」と、若者《わかもの》はゆずりません。ガネットさんは続《つづ》けます。

「こんなふうにペットボトルもカンもいっしょにしちゃって。これじゃあ、収《しゅう》集車《しゅうしゃ》が来たって、持っていってもらえないわ。

それから、こういうカンは持って帰りなさい。スーパーに持っていったら、一カンで十セントもらえるのよ」そういいながら、返却金《へんきゃくきん》がもらえるあきカンだけひろって、若者《わかもの》の足元に置《お》いていきます。「これはごみじゃなくて、お金と同じ」ガネットさんは、ビンやカンをどんどん分別《ぶんべつ》していきます。若者《わかもの》も、さっきよりは少し小さくなった感じで、おもむろに分別《ぶんべつ》を始めました。

「それに、こんなに○○○（清涼飲料《せいりょういんりょう》）なんか飲んで！　○○○は体にわるいのよ」

「そうなんだけど、彼女《かのじょ》がこればっかり飲むんだ」

「彼女《かのじょ》にいってあげなさい、体に毒《どく》だって」

けっきょく若者《わかもの》は、あきカン類《るい》を分別《ぶんべつ》してダンボール箱に入れなおし、ガネットさんの家のむかい側《がわ》に置《お》きなおしました。

わたしたちが家にもどって、朝食の続《つづ》きをしながら外を見ていると、若者《わかもの》は、収集車《しゅうしゅうしゃ》が来るまで立って待っていました。そして、回収《かいしゅう》されるのを見届《みとど》けてから帰っていきました。

ガネットさんはさっきの若者《わかもの》に腹《はら》を立《た》てるどころか、しきりに同情《どうじょう》しています。

「だらしのない女の子をガールフレンドにしちゃって、気《き》の毒《どく》だわね。あの男の子はひっこしてきたばかりで、何もわかっていないのよ。それなのに、ちゃんと教えてあげないんだから」

ため息が出るほどの正義感《せいぎかん》です。

雪のなかのドライブ

ある日、コーネル大学食品科学部の研究所が、アップルソースを無料《むりよう》で配ると いうので、もらいにいくことになりました。ガネットさんの運転で、およそ一時間のドライブです。

ガネットさんは、直径《ちょっけい》三十センチ、深さ四十センチほどの大きな寸胴《ずんどう》なべを車に積《つ》みました。ふたが見あたらないからと、そのなべよりも二回りは大きいと思われるふたを持ってきて、なべにかぶせて出発です。

研究所に着くと、駐車場《ちゅうしゃじょう》に車を止めて研究室へむかいました。研究室には高さ一メートルもあるような巨大《きょだい》ポリバケツがいくつもあって、そのなかにアップルソースが入っていました。そこから大きなひしゃくですきなだけすくって、持ってきた容器《ようき》に入れます。

ガネットさんは、なべの九分目までアップルソースを入れました。まあ、その重いこと。わたしには、持ちあげるだけでもたいへんです。

駐車場《ちゅうしゃじょう》まで、なかのソースが波打たないよう、ゆっくり、ヨチヨチと進みます。持ちあげているのがたいへんで、早く歩きたいけれど、足を大きくふみだしたら、自分のおなかにソースがタポーンとかかってしまいそうです。

やっとの思いで駐車場《ちゅうしゃじょう》に着くと、ガネットさんの指示で、運転席《うんてんせき》の後ろ、後部《こうぶ》座席《ざせき》の足元になべを置《お》き、大きすぎてふたの役目をしていないふたをのせました。

帰り道、ガネットさんは、「ここを左に行くと、見晴《みは》らしのいいところに出るから」といって、ほんとうはまっすぐ行くはずだった道を左にそれました。目のまえに見える小高い丘《おか》のてっぺんへと続《つづ》く、急な坂の一本道は、新しくふった雪でおおわれています。そこを車で登るなんて、むりに決まっています。わたしはUターンしてもどろうと提案《ていあん》しましたが、ガネットさんは冒険心《ぼうけんしん》いっぱいで、「だいじょうぶ、だいじょうぶ」と、車で登りはじめました。

ところがハンドルをまっすぐにしていても、車は右へ左へと、かってに泳ぐように進んでしまいます。雪はますます深く、これではもう、Uターンもできません。人も車も通らない静《しず》かな林道《りんどう》で、水の流れる音だけが聞こえてきます。きっと雪の下には側溝《そっこう》があるのでしょう。すきかってに雪の上をすべっている車では、あぶなくてバックでもどることもできません。

まもなく、車が止まりました。

おりてみると、右の前輪《ぜんりん》が側溝《そっこう》にはまっています。しかも前輪《ぜんりん》と車体の間には、雪がぎっしりつまって、タイヤの回転を止めています。心配していたとおり……。わたしが押したところで、車はびくともしません。手で雪をかきだそうとしましたが、氷のように固《かた》まった雪に歯が立ちません。

あっというまに一時間が過《す》ぎて、時刻《じこく》は午後三時を回りました。外灯《がいとう》が一本もない山のなかですから、日がくれればまっくらです。

警察《けいさつ》に電話しようというわたしに、ガネットさんはいつもの調子で、「雪ですべってタイヤが空回《からまわ》りしているから、土を運んできて、タイヤのまえにまいてみましょうよ」と、自力で脱出《だっしゅつ》する方法を考えます。わたしは泣《な》きたい気持ちをこらえていいました。

警官の到着を待つあいだにとった写真。(ガネットさんに、「写真をとったら?」といわれて、しぶしぶとった一枚!)

「この雪のなかで土をほりだすには、雪かきから始めなくちゃならないし、土だって凍《こお》っているかもしれないし、ほる道具もないし！　明るいうちに警察《けいさつ》を呼《よ》ばないと」

ガネットさんは、それでも「だいじょうぶよ、林のなかなら、あまり雪がないからすぐにほれるわよ」といいます。自分でできるかぎりのことをやりつくすまえに人にたよるなんて、ガネットさんにはできないのです。

わたしはもう、必死《ひっし》になってお願《ねが》いしました。

「じゃあ、土をほりますから、とにかく、さきに、警察《けいさつ》に電話してください！」

ガネットさんは、しぶしぶ携帯電話《けいたいでんわ》を出して、警察《けいさつ》に電話をしました。

あたりには家も電信柱《でんしんばしら》もありませんから、自分たちの居場所《いばしょ》すらわかりません。場所を教える目印《めじるし》になるような建物《たてもの》なんてありません。警察《けいさつ》は、携帯電話《けいたいでんわ》から出る電波をたよりに、わたしたちの居場所《いばしょ》を見つけてくれました。そして、警官《けいかん》が来てくれることになりました。

ガネットさんは、電話を切ると、にっこりわらっていいました。

「さあ、これで警官《けいかん》が来るのを待つだけね。おなかがすいたらアップルソースもあるし、ゆっくり楽しみましょう。この林、きれいねえ。写真をとればいいのに」

写真……。わたしはすわりこみたいほどつかれていましたが、気持ちをふるいたたせてカメラをかまえました。レンズのむこうに見える小さなガネットさん。いったい、どこにこんなエネルギーをたくわえているのでしょう。

警官《けいかん》に助けてもらって、わたしたちは、どうにか自宅《じたく》にもどりました。

車からアップルソースをおろそうとなべを持ちあげたら、その軽いこと！　かぶせておいたふたをずらしてみると、量《りょう》が半分に減《へ》っています。まわりに、こぼれたあとはありません。

（どういうこと？）

車のなかをさらによく見ると、運転席《うんてんせき》の下に、たーっぷりとアップルソースがたまっていました。雪山での大冒険《だいぼうけん》。車のゆれがきょうれつだったので、ふたがスイングして、ソースはドーンとまえに飛《と》びでるようにこぼれたのでしょう。

寄付《きふ》

ガネットさんは、小学校での勉強をとおして、社会の仕組みを知るようになっていらい、ずっと、社会で起きているいろいろな問題——差別《さべつ》とか、自然破壊《しぜんはかい》とか——に関心《かんしん》をよせて活動をしてきました。ガネットさんの目は、いまも社会にむけて開かれています。

ただ、たくさんのことに関心《かんしん》があっても、ぜんぶの活動に参加するわけにはいきません。そこで、活動の手助けをしたいと思う団体《だんたい》には、寄付《きふ》をすることで応《おう》援《えん》しています。動物愛護《どうぶつあいご》団体《だんたい》や、自然環境保護《しぜんかんきょうほご》団体《だんたい》など……あまりにたくさんの団体《だんたい》に寄付《きふ》をしているので、どこに、いつ、いくら寄付《きふ》をしたのか、一覧表《らんひょう》を作って記録《きろく》をつけています。そうしないと、寄付金《きふきん》を送《おく》り忘《わす》れたり、二重に寄付《きふ》してしまったりすることがあるからだそうです。記録簿《きろくぼ》は何ページにもわたっていました。

ドアのガラスに、応援している団体から送られてきたステッカーがはってある

寄付《きふ》をもらった団体《だんたい》は、お礼に、活動のようすを伝える新聞を送ってきたり、保護《ほご》している動物の写真を絵ハガキにして送ってきたりします。

ある環境保護団体《かんきょうほごだんたい》は、クジラのイラストのついた住所シール（自分の住所・氏名を印刷《いんさつ》したシール。手紙を出すときに差出人《さしだしにん》を書く位置《いち》にこれをはります）を送ってきました。ガネットさんは、どこかの会社に手紙を出すときに、このシールを使いました。ふうとうにシールをはりながら、ガネットさんはぽつりといいました。

「このシールのデザイン、きらいなの。でも、いいの、この手紙を送る相手のこともきらいだから」

ときどき、まじめな顔でじょうだんや皮肉《ひにく》をいうので、どこまでが本気で、どこからがじょうだんなのか、わからなくて困《こま》ることがあります。

さて、日本に帰国したわたしのところに、ガネットさんから手紙が届《とど》きました。ふうとうには、あのクジラのシールがはってあるではありませんか！

「もう、ガネットさんたら！」
わたしは思わず、ふきだしました。
今ごろ、ガネットさんもイサカで
わらっていることでしょう。

ガネットさんから送られてきた手紙。
なんと、あのクジラのシールが……

おわりに

わたしの手元に、昭和《しょうわ》四十年代《ねんだい》に発行された『エルマーとりゅう』と『エルマーと16ぴきのりゅう』があります。小学校三年生のときに、それぞれ父と祖父《そふ》が買ってくれました。ひっこしのたびに、たくさんの本を処分《しょぶん》してきましたが、この二冊《さつ》は、どうしても手放すことができませんでした。

エルマーの本は、アメリカで出版されてから六十七年がたった今も、世界で読まれています。ガネットさんの話を聞くうち、ながく愛《あい》されるその秘密《ひみつ》が見えてきました。東京で初《はじ》めて会った日、ガネットさんがいった「エルマーの物語を書いたのは、わたしではないの。わたしのなかの子どもが書いたの」という言葉《ことば》の意味も、今はよくわかります。

インタビュー用のレコーダーのスイッチを切ったあと、ガネットさんはぽつりといいました。

「家族は『血』ではなくて、『作る』ものなのよ」

血がつながっていなくても家族になれる。これは反対に、たとえ血がつながっていても、おたがいが働《はたら》きかけなければ、家族にはなれない、ということでもあります。

この言葉《ことば》をきいたとき、わたしは、二歳《さい》のルーシーに、両親がいなくてもさびしい思いをさせなかった、ルシールの愛情《あいじょう》と献身《けんしん》を思いました。ルシールは、ガネットさんの娘《むすめ》たちの世話《せわ》もしました。

また、父の再婚《さいこん》した女性《じょせい》をもうひとりのお母さんと認《みと》め、ふたつの家族があることを幸運《こううん》なことと受けとめた、八歳《さい》のルーシーの努力《どりょく》を思いました。

ガネットさんは、困難《こんなん》なことにであっても、あわてふためいたり、憤慨《ふんがい》しすぎたりすることはありません。人生というゲームにしんけんに取りくんで、問題《もんだい》をひとつずつクリアしていくのを楽しんでいるかのようです。ひとりの時間の過《す》ごし方《かた》も、とてもじょうずです。自分で考える力や楽しみを見つけだす方法を、子ども時代にしっかりと、はぐくんでいたのでしょう。

初《はじ》めてのインタビューのあと、わたしは二度、ガネットさんの家をたずねました。たった三度の訪問《ほうもん》とはいえ、ガネットさんが生まれたときのことから話を聞いているので、むかしからの友だちのような気がします。会いにいくたび、別《わか》れがつらくなります。

帰るときも、イサカに着いたときと同じように、ガネットさんは空港まで見送りにきてくれます。別《わか》れぎわ、ふたりしてなみだが出そうになると、ガネットさんはさりげなくおかしなことをいってわらわせます。おかげで、笑顔《えがお》でさようならをいうことができます。なみだをこらえてふりかえると、ゲートのむこうのガネットさんは、もう、知らない人たちと楽しそうにおしゃべりをしています。ガネットさんらしいなあと、わたしはちょっとほっとして、小さな飛行機《ひこうき》に乗りこむのです。

最後《さいご》になりましたが、この本を作るのに力を貸《か》してくださったたくさんのみなさまに、この場を借《か》りてお礼申し上げます。なかでも、東京で一度会ったきりのわたしをイサカの家にこころよくむかえ、しんぼうづよくインタビューにつきあってくれたルース・スタイルス・ガネットさんには、感謝《かんしゃ》のしようもありません。インタビューのあとも、数えきれないほどの質問の手紙に、それはていねいに答えてくれました。ほんとうにありがとうございました。ガネットさんとのインタビューをかげで支えてくださった七人の娘《むすめ》さんたちにも、心からお礼を申し上げます。

そしてこの本を読んでくださったみなさん、どうもありがとうございました。

ルース・S・ガネット　年譜

年	年齢		アメリカの出来事
1891年		・父ルイス・スタイルス・ガネット誕生	
1894年		・母メアリー・エリザベス・ロス誕生	1908　フォード自動車が大衆向けT型自動車を発表、自動車の本格的普及始まる
1919年		・兄マイケル・ロス・ガネット誕生 ・父母が兄マイケルとともにフランスより帰国 （父母は、フランスでフレンド教徒奉仕委員会に所属し、第一次世界大戦の復興支援で難民救済活動をしていた） ・ニューヨーク州ブルックリンに居を構える	1918　第一次世界大戦終わる 1920　女性参政権が発効
1923年	0歳	・8月12日　ルース・スタイルス・ガネット誕生。愛称はルーシー ・当時、父はネイション誌、母はサーベイ・グラフィック誌の記者	
1925年	2歳	・子どもたちの世話役として、黒人女性ルシールが雇われる	
1926年	3歳	・コネチカット州コーンウォールに別荘を購入 ・夏　家族でコーンウォールを訪れる ・秋　シティー・アンド・カントリースクール（C&C）入学 ・入学後まもなく、シティー・アンド・カントリースクール（C&C）に徒歩で通学するため、グリニッチヴィレッジに転居	
1928年	5歳	・父は、コーンウォールの別荘へ転出 ・秋　両親が離婚	
1929年	6歳	・父、ニューヨーク・ヘラルド・トリビューン紙に職を得て、ニューヨークに転居 ・父の友人だったワンダ・ガアグから、クリスマスプレゼントにミニチュアのメリーゴーラウンドをもらう	1929　ニューヨーク市場で株価の大暴落、世界大恐慌が始まる
1931年	8歳	・8月　父、女流画家（後のルース・クリスマン・ガネット）と再婚	
1932年	9歳	・シティー・アンド・カントリースクール（C&C）で家具作りを習う	

1933年	10歳	・兄マイケルはジョージ・スクールに入学。家を出て寮生活を始める ・母、コネチカット州ウィルトンに家を建てる（そこには、ルシールの部屋も子どもたちの部屋もあった） ・週末は父のいる別荘へ行き、友だちとこびと村を作った ・祖母とシカゴ万博へ行く（初めて列車で一人旅。このとき祖母にもらったミルクピッチャーがきっかけで、ミルクピッチャー集めが始まる）	1933　シカゴ万国博覧会開幕
1934年	11歳	・母、兄のマイケル、兄の友人と10週間の船旅（地中海地方）。船上で誕生日を迎える	
1936年	13歳	・母、新しい仕事を得て、ワシントンへ赴任 ・秋から飛び級で、兄のいるジョージ・スクールへ。親元を離れ、寮生活となる ・全米黒人地位向上協会（ＮＡＡＣＰ）大会に父と参加。ルーズベルト大統領夫人と会う ・黒人教会でボランティアをする	1935　連邦社会保障法が制定される
1939年	16歳	・フィラデルフィアのサマーキャンプでボランティア ・母と2週間のヨーロッパ旅行	1939　第二次世界大戦始まる（―1945）
1940年	17歳	・ヴァッサー・カレッジに入学	
1941年	18歳	・キャタルーチ牧場でアルバイト	1941　ハワイ真珠湾攻撃をうけ日本との太平洋戦争始まる
1942年	19歳	・ヴァッサー・カレッジでの専攻を化学に決める	
1944年	21歳	・4月　ヴァッサー・カレッジ卒業 ・6月からソーンダイク記念研究所に勤務するも数ヶ月で退職 ・ＭＩＴ放射線研究所へ再就職	
1945年	22歳	・ＭＩＴ放射線研究所の仕事が終了 ・レストランでウエイトレスのアルバイトをする ・秋から翌年春までスキーロッジでアルバイト。滞在中に、『エルマーのぼうけん』を書きはじめる	1945　原子爆弾を開発。日本の広島、長崎に原子爆弾を投下し、太平洋戦争終わる

1946年	23歳	・春　スキーロッジでのアルバイトが終わり、コーンウォールの別荘へ。ここで、『エルマーのぼうけん』を仕上げる ・『エルマーのぼうけん』の出版が決まり、イラストレーターを探しはじめる ・5月　ニューヨークへ移り、母と暮らす ・後に夫となるピーター・カーンと出会う ・児童書協議会（CBC）で職を得る ・継母ルース・クリスマン・ガネットに『エルマーのぼうけん』のさし絵を頼むことになる
1947年	24歳	・3月21日　ピーター・カーンと結婚
1948年	25歳	・3月児童書協議会（CBC）を退職。長女シャーロットを出産 ・4月『エルマーのぼうけん』刊行 ・5月『エルマーのぼうけん』、ニューヨーク・ヘラルド・トリビューン春の児童図書賞受賞
1949年	26歳	・『エルマーのぼうけん』ニューベリー賞オナーブックに選ばれる ・"The Wonderful House-Boat-Train（すてきなボート小屋列車）"刊行
1950年	27歳	・次女マーガレット誕生 ・『エルマーとりゅう』刊行
1951年	28歳	・『エルマーと16ぴきのりゅう』刊行 ・ピーターがルイジアナ州立大学で職を得て、家族でルイジアナへ
1952年	29歳	・三女サラ誕生
1953年	30歳	・ピーターがバージニア州にあるハンプトン大学芸術学部の部長として職を得てハンプトンに引っ越す ・この地域でマザー・オブ・ザ・イヤー賞を受賞
1954年	31歳	・四女ハンナ誕生
1955年	32歳	・五女ルイーズ誕生

1950　朝鮮戦争（米ソ初めての代理戦争）

1951　サンフランシスコ講和条約に伴い、日米安保条約を結ぶ

1952　水素爆弾を開発。このころテレビが爆発的に普及

1954　南太平洋のビキニ環礁で水爆実験

1955　ロサンゼルス近郊にディズニーランド開園

1957年	34歳	・ピーターがコーネル大学に職を得て、ニューヨーク州エトナへ引っ越す
1958年	35歳	・六女キャサリン誕生
1961年	38歳	・"Katie and the Sad Noise（ケイティーと悲しげな音）"刊行
1963年	40歳	・七女エリザベス誕生
1966年	43歳	・父ルイス死去
1968年	45歳	・ピーターがブリティッシュコロンビア大学に職を得て、カナダ・ビクトリアに移住
1969年	46歳	・ピーター、コーネル大学に戻る
1972年	49歳	・母メアリー死去
1976年	53歳	・コーネル大学のある町、イサカに家を買う
1985年	63歳	・核軍縮運動の一環であった「アメリカの国防総省（ペンタゴン）をリボンで囲んで訴える運動」に参加
1989年	66歳	・ワシントンで行われた全米黒人地位向上協会（NAACP）主催の行進に参加
1997年	74歳	・ピーター、心臓発作で死去
1999年	76歳	・4月　サンフランシスコ国際映画祭で映画「エルマーのぼうけん」が上映されるのにともなって招待され、スピーチをする
2010年	87歳	・日本に旅行。オーサー・ビジットとして、青山学院初等部を訪問
2011年	88歳	・兄マイケル死去
2013年	90歳	・娘や孫たちと、自宅で90歳の誕生パーティー
2018年	95歳	・人形劇団プークの招聘で二度目の来日
2024年	100歳	・6月11日、101歳の誕生日を2か月後にひかえ、永眠

1962　キューバ危機
1963　ケネディ大統領暗殺
1964　公民権法が成立。ベトナム戦争（1960―1975）に本格的参入
1968　黒人解放運動家キング牧師暗殺
1969　アポロ11号が月面着陸
1973　ベトナム戦争から完全撤退
1984　ロサンゼルス五輪
1991　湾岸戦争参入
2001　9・11アメリカ同時多発テロ
2003　イラク戦争（2003―2011）参入
2009　バラク・オバマがアフリカ系初の大統領に就任
2020　新型コロナウイルス感染症の世界的流行が始まる

著者紹介

前沢明枝（まえざわ　あきえ）

翻訳家。
ウェスタンミシガン大学で英米文学、ミシガン大学大学院で言語学を学び、帰国後は海外の絵本や児童文学の紹介・翻訳に力を入れる。訳書に『みっつのねがい』『ピンクだいすき！』「野生のロボット」シリーズ（以上、福音館書店）、『家出の日』（産経児童出版文化賞推薦）（徳間書店）、『アメリカ児童文学の歴史―300年の出版文化史』（監訳）（原書房）など。家にはエルマーという名前の猫がいる。東京都在住。

参考文献
シティー・アンド・カントリースクールについては、次の本を参考にしました。
Caroline Pratt著『I Learn from Children』（Harper & Row, Publishers, NY., 1990, originally published by Simon & Schuster, 1948）

表紙写真　（2010年10月　ガネットさん　福音館書店にて）　永野雅子© Masako Nagano 2010
裏表紙写真　（2011年３月　ガネットさんの猫シルベスター）　前沢明枝© Akie Maezawa 2011

Ruth S. Gannett
The woman who wrote *My Father's Dragon*
by Akie Maezawa

Published by Fukuinkan Shoten Publishers Inc., Tokyo, 2015
Printed in Japan

「エルマーのぼうけん」をかいた女性　ルース・S・ガネット
2015年11月20日　初版発行　2024年7月15日　第3刷

著者　前沢明枝
発行　株式会社　福音館書店
〒113-8686　東京都文京区本駒込6丁目6番3号
電話　営業（03）3942-1226
編集（03）3942-2780
印刷　精興社
製本　島田製本
デザイン　鷹觜麻衣子

乱丁・落丁本は小社出版課宛にお送りください。送料小社負担にてお取り替えいたします。
NDC916　184ページ　22×16cm　ISBN978-4-8340-8193-0
https://www.fukuinkan.co.jp/